U0655363
好时光
II
TopBook
馨书客
陕西出版传媒集团
陕西人民出版社

refreshingly
new bottle
MANHATTAN
Rock it with MANHATTAN
Take 10% off with every stop you make.

代序：我的 Vanity Fair 虚荣仙班 [1]

Vincent Ku（香港）

别以为我跟张朴很熟络，虽然我们几乎天天在“面书”[2]、“微博”调笑戏谑，私底下无数的微信、短讯，辰时卯时会告诉对方看了什么电影、读了什么书，然后像学生时代那样不厌其烦地互相分享感受，但其实我跟他是真正的新相识，文字机缘都是偶像甘国亮先生无意中的穿针引线。所以，在新书里头读到那篇《甘国亮：把热情都扔给当下的香港》时，不由得打起十二分精神，随着文字神游在湾仔 Grand Hyatt[3] 他们对谈的那个下午。那时，高大的玻璃窗外是华南地区的雨天，他们讲起甘先生的《我问人，人问我》。“到底香港文化面临什么难题呢？”——相信我，若那时已认识小朴的话，我会不顾廉耻地制造诸多借口跟着一起去，当是敲一顿五星级下午茶的竹杠也好，当是聆听偶像的教诲也好——小朴引甘先生说的话：“多年前在书里讲的问题，拿到现在就已经不对位了，时代气场、大环境总是在改变，笼统来讲，现在的香港文化，面临什么样的难题，可能再过十年回过头来看，才能看得清晰吧……”

随着小朴的文字，简直闭上眼睛就能想象到，从未跟潮流和文化脱节的甘先生接受访问时的声调语气和眼神。我是看甘先生炮制的电视剧长大的，一直觉得甘先生是一个 stylist[4]，从他编的剧集就可以知道——他的作品并不仅靠紧凑情节或者所谓的“剧力万钧”支撑，也不一味遵循所谓的一波未平一波又起的金科玉律，而是整体地讲故事。80 年代他的一套小品喜剧《不是冤家不聚头》中，冯宝宝和黄曼梨婆媳冲突的场景里，两人吵起架来那些旗鼓相当的不可理喻的刁钻玲珑台词，简直如广府话说的“斩崩刀遇着纽纹柴”般精彩绝伦，少点岭南文化底子的人可能会会错意（事实上现在的 VCD 版本就配错字幕）；还有在香港文化界 30 年来口耳相传的最经典的《轮流传》，那种叙事的 approach[5]，那种从不同角度去处理电视剧的手法，回避了俗套的“总有三角恋一番，总有子女去争产”的永恒桥段，至今还是教人津津乐道。几十年来，时装长剧的格局不外乎烂仔格[6]的草根情怀，或者师奶式的三姑六婆 sensibility[7]，当时的甘先生便尝试闯出另一个较高层次，而那无疑是一个令人兴奋的尝试。

小朴的新书写香港，不仅写了一个我最熟悉的城市，往来无白丁的访谈对象尽是我熟悉的人物，除了偶像甘先生，还有陈宁等人。陈老师还是我亲爱的“饭脚”——这是个地道的香港词语，脱胎自形容搓麻将时的牌搭子的“麻将

---

1 《Vanity Fair》是英国 19 世纪小说家萨克雷的成名作，也是美国著名的文化生活时尚杂志的名字，译作“名利场”或“浮华世界”；“仙班”，源于“位列仙班”，即身份地位已被提升至神仙境界。

2 指社交网络 Facebook。

3 位于湾仔的香港君悦酒店。

4 引领潮流和时尚、会穿衣打扮且思想先锋的人士。

5 方式和手法。

6 传统粤语用词，“烂仔”原指流里流气的流氓，“格”是格局、格式，引申为气质，这三个字用普通话讲就是“流氓气”的意思。

7 灵敏善感。

脚”——我们一班朋友每隔一两个月总会聚会一次，以吃饭为名目，实则是柴娃娃[8]地老友鬼鬼[9]畅所欲言，从港式传统火锅“打边炉”吃到旧区老牌小店的粤式脆皮烧肉，未必要豪华的贵宾房（记忆中甚至未曾试过），通常是街坊老店，永远嘻嘻哈哈地美酒佳肴杯莫停。我当然是最爱看热闹的闲杂人等，所以跷起二郎腿读小朴写川流不息的俊男美女，本来最是逍遥自在，谁知急急如律令收到指示要来篇序言。这般重大责任，自然立刻乖乖地坐书桌前打开笔记本，好过一过虚荣瘾，精神上位列新书 vanity fair 的仙班。

看小朴眼中的香港，实在有不少共鸣。当读到“我从尖沙咀去到中环喜欢搭乘天星渡轮”时，简直有他乡遇故知的感觉。小时候的中环天星码头（其实正式名称是“爱丁堡广场渡轮码头”，从英文的“Edinburgh Place Ferry Pier”译过来，但口头上就几乎没有用过）既不在现在这位置，也不是现在这模样，那辰光它就在大会堂旁边，离中央邮政局两分钟路程，采用很清雅简单的现代建筑模式，中间还有钟楼，不似现在的假古董样的伪维多利亚式，从那里去银行区也不必多走一大段冤枉路。纯粹讲开又讲，小朴在书里写“33 年前遮打花园刚刚建成时，四周以光鲜高档的外资五星酒店居多，比如希尔顿、丽嘉、富丽华”，当时其实只有希尔顿和富丽华。希尔顿楼下的咖啡室叫“Cat Street”，中文译为“摩罗街”，口头上就叫“猫街”，是从前不少时尚潮人晚上在中环“夜蒲”前的聚脚点。其名称来源于中环半山摩罗上街 (Lascar Row) 的俗称，据说从前附近有些古玩店兼卖“老鼠货”（贼赃），会门路的外国人形容那种偷偷摸摸做买卖的感觉像猫捉老鼠般小心翼翼，所以戏称那里为“猫街”。富丽华酒店开业较希尔顿要晚十多年，国内读者昵称“师太”的亦舒曾经是这家酒店的公关经理，所以笔下的酒店故事很多都来自这里。丽嘉酒店在更后期，到 1993 年才开业，原址是大东电报局的水星大厦。

看，话痨如我，怎会不跟小朴一见如故，岂会没有无尽的话题？

* Vincent Ku：香港人，少年时代在旧金山度过，典型文字癖，专栏作者兼翻译，努力饰演文化人，曾在中环银行区开设咖啡店，见尽中环人情世故。

---

8 传统粤语用词，即不大正经地游戏人间，也作“玩玩吓”。

9 传统粤语用词，即很要好的朋友。

自序：香港，自我情感的巨大磁场

张朴

2012年6月中旬，从纽约返回不久，因为写作此本香港文集的关系，再次去香港拍摄和采访。在香港遇到时有时无的大雨，原定某些拍摄计划因为天气原因被打乱。约了甘国亮先生，大雨中午，在湾仔食午饭，甘先生说此酒店餐厅，自己是几十年的老顾客。我提前到了，用英语问了侍应生，落座，窗外是维多利亚海港，只是大雨落在海面上，掀起一层清雾，邻桌客人用粤语交谈，话语中夹杂了一丁点的英文词汇。从我2005年第一次到香港，好多年过去，香港此城改变的速度可能和纽约差不多，但是又有很多风味一直未改变。

前一晚，我与甘国亮先生在两场派对中见到——要谢谢甘先生的热情邀请，他是前辈，对后生相当照顾——湾仔合和中心（Hopewell Centre）顶楼的旋转餐厅重开，开幕派对里有一种恣意的香港老派味道。这座在1980年建成使用的湾仔高楼似乎是香港经济起飞的一个象征，象征了香港自上世纪七八十年代开始铸造的经济辉煌，尽管30年过去，这座大厦的身姿已被一些人遗忘。夜晚，搭乘观光电梯上到楼顶，从电梯的玻璃墙往外望去，是湾仔夜色，是香港不夜城的璀璨灯火，高楼中映照出的城市光阴，一寸一寸顽强生长。在那些派对的人潮、星光、不真实的迤逦后面，香港以强烈的温柔潮湿感袭击我，一如我2005年第一次到香港时：那一次旅行的最末遇到香港的雨，一路搭乘从尖东开往罗湖的火车，窗外雨水浸染的香港九龙街景，倒带般后退，退到时光尽头，故自怜盼。那晚的第二场派对转移到九龙：新时代的酒店标志"W酒店"。新酒吧开幕派对里一片妖娆，英国摇滚摄影师现场撑场，新旧光景骤然转变。我却记得我们坐在由"合和中心"开往"W酒店"的穿梭巴士上，派对兴致，收不住的年轻心。从前青春滥情，如今已过而立，巴士穿过海底隧道，坐在一旁的甘国亮先生，以及车窗外的香港，似乎本来就是电影中的一幕，裹挟无端情绪，在心中嗡鸣。

就像是电影中的夜戏变成了日戏，今日中午的谈话，因为有窗外这种香港雨天的陪衬，竟然有点来日方长的倦懒味道。简单午餐中，我在想，甘先生生长和生活的这座城市，和我笔下的这座城市究竟有多大的区别呢？一本文集，几多情思，如果只是自我的胡言乱语、主观化了的想象、被刻意经营的记忆和爱恋，如此种种就会显示一种本能的虚伪。我反感虚伪的写作，如果没有感情的萦绕、内心的归属，不会有一种剖白式的书写。当我上一本关于欧洲旅行的文集的写作出版结束后，我的出版人告诉我不如把以前的记忆整合，重新叙述成为文本；并且，对如今的我来说，下一段长久的旅程并没有呈现一个可以把握的清晰轮廓，这一本关于香港的书就是一杯聊以自慰的酒；还有一个原因是，以前写过很多次关于香港的文章，前前后后去了香港很多次，总有一种情怀需要记录，写完这一本书，似是付了情债，亦算是完成了一个怀旧和偿还的心愿。

自然，这不是一本旅行攻略或旅行经验谈，它是对个人关于这座城市的记忆和经历的整合。它记录了我从2005年第一次到香港，到经过了欧洲、美国的旅行、留学、居住后再次回到香港的那些细碎感受，时间跨度有 7 年之久。它所铺陈的描述和路线是私人化的，可能亦会和你内心的那一个香港有重叠。全书分为 4 个板块，无论是梳理自己的香港城市地图，还是找寻文艺情绪和时装印痕，我都希望呈现一些感情、回忆。从 2004 年开始，我在国内做电影学硕士论文，题目是《当代香港电影中的老上海意识》。由此，我总会去关注香港电影和与此城相关的文化、流行话题，因此本书的第四个板块是关于香港电影的。这一部分有一章节选了硕士论文的内容，但写作不是面面俱到，只抒写最近在内心闪现的那些微凉悸动。通过此次的回顾、再抒写，历史和现实被串联起来，对于香港的认识渐渐形成内心一个巨大的情感磁场，引人入胜。

写这本书的时候，放入了我和 4 位我喜欢的香港文化人、媒体人的对谈，亦期待通过这种对谈还原一些香港城市气质和记忆，将其和我的主观写作形成一种对照。所以要特别感谢抽出时间，和我坐下来谈香港，谈文化，谈文学，谈影视的四位：甘国亮、马家辉、林奕华、陈宁。我犹记得这些访谈都是在怎样的情况下完成的：我记得，我与马家辉的对谈约在九龙城的狮子石道，以一种最为直接的香港方式进行——坐在本土的类似茶餐厅的越南菜馆里，讲湾仔过往，就此，我顺道游走了九龙城这一可以瞥见香港原生态生活景观的地域；而那日大雨后在湾仔的日街，和陈宁的聊天让我想起了在北欧的岁月以及在巴黎的散步时光，在谈及香港时装文化人黎坚惠时，我又看到早年她在伦敦和林奕华的街头合影，如影随形的青春岁月，镌刻理想；后来我和林奕华的对话在他的舞台剧《贾宝玉》开幕前的剧场里进行……所以，香港的魅力，在于始终有一些有灵魂的人物让这座城市摇曳生姿，贯通东西。这些感激和聆听、抒发和念想，都被我写进这本关于香港的书里。

至今，我还是会无端想起 2005 年第一次在香港时的片段，记忆有如手中有点褪色的宝丽来相片，散落一地，但底色早就印嵌了锦瑟时光。夜晚如白昼，我们在人潮中穿梭，香港的老式街道逼仄，南国溽热汗味混合了满街化妆店飘逸出的香水味，擦身而过时可以闻到彼此的气息，却并未感知年华老去，岁月如昔……

2012 年夏末于成都

PS：本书中的照片除有特别署名的外，均由我自己拍摄，拍摄时间从 2005 年跨越到 2012 年。在此，我向那些在香港为我的拍摄提供过帮助的人表示感谢！没有你们的帮助，这些画面无从定格。

张朴，双鱼座男子，作家。挪威奥斯陆大学媒体学硕士，曾在伦敦英国广播公司 BBC 中文部实习工作。相信生活总在别处，亦享受一直在路上的悸动。游历欧洲和美国，喜爱时装、电影、文字，探寻城市文化，拾掇城市风物。30岁前，足迹踏遍伦敦、巴黎、安特卫普等欧洲时装名城。出国前，获得电影学硕士学位；做过娱乐记者；做过杂志时装编辑，专栏涉及旅行、电影、音乐、城市文化、时尚。留学北欧期间，曾为多家时尚生活杂志和报纸撰写专栏文章、拍摄街头型人作品。著有《孤独要趁好时光：我的欧洲私旅行》。

私人
P e R s

香港
o n a l

Chapter 1

尖沙咀，密实风格里的一次挽留

尖沙咀
前水警總部歷史建築群
Former Marine Police HQ Historic Compound
香港文化中心
Hong Kong Cultural Centre
前九廣鐵路鐘樓
Former KCR Clock Tower
天星小輪
Star Ferry
旅客諮詢
Visitor Information
Kowloon Park Drive
九龍公園徑
嚴禁標貼
POST NO BILL

在我看来，香港，似乎一切的星光和流行，还有很多市井生活都与尖沙咀有关。2005 年，还是学生的我，第一次去香港，落脚点就是尖沙咀。我记得那是一个 4 月的上午，我们从深圳过关，从罗湖一路坐九广东铁经过新界、九龙，抵达尖沙咀。走过地铁站里长长的通道时，安静的过道里只有行人匆忙的身影，和着扶手电梯运转的频率，尖沙咀以一种快速运转的姿态呈现在我们眼前。25 岁前看过的香港电影里的尖沙咀和现实的场景对应了起来，让人恍惚之间找不到真实感，需要时间的过渡和消化。然而，香港旋律是不需要过渡的快速章节，弥敦道上来来去去的行人，以及镶嵌其中的店铺，多到令人眼花缭乱，让我内心生出一种亲切感——我向来热爱城市的节奏，习惯呼啸而过的汽车，而尖沙咀给了我一个熟稔而饱满的香港印象——这种印象，在这么多年过去后，在去了无数次香港后，还清晰可辨，荡涤于心。

我就这样出了地铁口，沿着弥敦道走，仿佛是在我城，无需太多指引，就可以轻松带领朋友二三去预订的住处。简陋、密不透风的高楼间，香港被分割成若干单元；在被切分的空间内，每一个人又尽力把这些空间填满，打造一种密实的城市风格。这是否是为了抵消被磨损的内心的疲态？

尖沙咀铸造了两个世界：一个是现代的、摩登时髦的，既有沿弥敦道铺陈、以海港城为中心发展的点亮浮华夜色的现代时装屋，又有以香港本地导演、演员的手印为标志，模拟了好莱坞的一种风华绝代的维多利亚港这一边的星光大道——每年的香港电影金像奖颁奖典礼会在这里的香港文化中心大剧院上演，每年 4 月的香港国际电影节会在这里汇聚香港本土电影与受邀的国际电影的星光；一个是杂乱的、相当本土的，无论是从尖沙咀地铁站出来即可看到的九龙公园，还是稍微偏离了主干道弥敦道，有着各种食铺、本地化妆品店、成衣小店的聒噪的小巷子，都充满了香港地气。

站在尖沙咀的维港边，看对面的中环景象

王家卫的《重庆森林》

如果没有在2004年开始写我的电影学硕士论文，如果没有把香港电影当作自己的研究方向，那香港这座城市对我而言就可能仍是一个名词般的存在。如果没有在更早一些的年月看了香港电影奇人王家卫打造的那些奇幻、滥情、骚然，以及闪耀着无根飘荡的灵魂的光影世界，我亦不会爱上现代香港电影中一种奇情般的色调。当年王家卫只用一部《重庆森林》就把我的心捕获，又使我在片中爱上王菲、金城武以及梁朝伟。电影中那些呢喃自语总是在深夜的孤单时段回响，让我对其以数字丈量情感和城市的方式深深着迷。彼时，王家卫在《重庆森林》里塑造的尖沙咀只是一个或明或隐的陪衬，镜头更多地给予了后来的香港SOHO一带。

王家卫真正对尖沙咀进行了情绪化表达的电影是那部《2046》。电影里，王菲向不懂粤语的木村拓哉讲解那几条尖沙咀街道的名称：加连威老道、堪富利士道，还有我喜欢的名字有着老式英国文化遗留味道的梳士巴利道（英文名字是"Salisbury Road"）。这条梳士巴利道（旧称疏利士巴利道），位于香港九龙尖沙咀海旁，是香港著名道路之一。道路西端位于尖沙咀天星码头一带，连接广东道，然后沿着尖沙咀海滨公园延伸，东面连接康庄道红磡车站。如果天气好，你完全可以一路从梳士巴利道的天星码头一头步行到红磡车站一头；中间会路过香港文化中心大剧院，可以饱览维多利亚湾海景，从尖沙咀这边遥赏对岸的中环风景，还可以踏上尖沙咀维多利亚港上的星光大道；末了，到了红磡车站，如果你是香港流行音乐文化的爱好者，还可以走到著名的红磡体

育馆——这里收纳了无数香港和世界歌手、明星的表演，是一块演出宝地，香港流行音乐文化的很多回忆都和红磡体育馆有关——就算看不到明星，也能收获一种和明星神交的心情。其实，我倒喜欢红磡体育馆外围，可以坐在花台边，远离尖沙咀维多利亚港上喧闹的人声，觅得一份清静。在红磡体育馆外也可以查阅香港近期的演出动态，说不定有你想看的演唱会呢。

一直到了 2011 年 9 月，我才真正在红磡体育馆内看了一次香港歌手演唱会，算是了却一桩心愿。作为 80 后的我

们，多少受到早期粤港流行歌曲文化的影响——那些经典粤语歌曲算是我们美好青春里的真挚记忆。时过境迁，再品那些歌词闪现出来的微凉情绪，怕是和夜晚在维多利亚湾海边被海风吹拂的感觉类似。

我们那晚在红馆看的是林忆莲的演唱会。在这个年岁，好多流行歌手和新鲜的娱乐靓人都无法进入我的视野，记忆情感都留给了我们青年时代那些歌声与影像。那一晚的林忆莲是搅动了我们内心隐秘的情感空间的。她的声线依然动人，情绪依然饱满，在舞台上，她是骚动现场的最佳女神，台下自然有太多粉丝雀跃；不过坐在后面的香港观众还是羞涩和理智的，毕竟并非在看小型摇滚演出，没有那种此起彼伏的人浪场景。林忆莲一曲一曲地唱，让时光如灯光倾泻般倒流。当那一曲《赤裸的秘密》响起，舞台上的林忆莲特别安排了哥哥张国荣的独白，带我们回到王家卫当年的《阿飞正传》现场。（这首《赤裸的秘密》当年由张国荣和林忆莲合作，张国荣独白；它还做过电影《阿飞正传》的插曲，很多人倒是不记得了。）物是人非，有人已经离席，剩下佳人独自吟唱。那刻，坐在我身边的朋友已经开始抹泪水，但那不是悲情的序曲，亦不是哀号的绝唱。这种感觉，就是在回忆的当口，忽然被一些细微之事打动的美好。要是你愿意做那只"无脚鸟"，内心总会有一个未知的方向，正如这首《赤裸的秘密》开头唱的："就像是一艘飞向星的客机 / 心仿佛早已离地 / 身边的一切游离……"

故此，我认为尖沙咀是一种故去的姿色，是夜晚坐在星光大道一边看到的对岸的灿烂灯火，大城市的摩登璀璨都是一种抚慰，壮观中透露出好多失散的记忆。不知道当年王家卫是否也有此种感觉，这块地域必然也是他内心儿时的，印度人、华人、英国人杂处的，多元文化背景下的一处奇幻地带。

矗立在弥敦道上的"重庆大厦"是整部《重庆森林》的一个代码，一个灵感来源。2005年第一次到香港，从地铁站出来，率先看到的就是重庆大厦，感觉像赴了一个准时的约会。我记得当时的心情，我问自己："难道以前看的电影可以如此轻易地在现实中被映照？似乎不太真实。"是的，尖沙咀就是在真实和想象、电影和音乐中间搭建起来的巨大穿越走廊，你即便只是默不作声、行尸走肉般的在杂乱忙碌的城市空间中穿行，也总有情意缱绻的时分，触到痴恋、感激，分飞千里，总有回忆将你锁住。

潮流指标的改变速度

回到《2046》，王菲在其中还提到了"加连威老道"。自此，加连威老道（Granville Road）成为我在 2005 年到 2007 年间每次都会为去香港的朋友推荐的尖沙咀街道之一。不过，知道加连威老道并非因为自己是王家卫的拥趸，而是因为当年国内的《城市画报》杂志出了一期主题为"香港购物指南"的特别刊，说要想了解尖沙咀的潮流讯息，捕捉香港青年人的流行指标就要去这条街道。那里的小型店铺里都是时尚、型格的衣饰，店主都是紧跟潮流的年轻人，当年许多刚起步的香港本土时装品牌都在这条不长的街道上开设店铺。加连威老道一条巷子中的利时商场是选购潮流衣饰的好去处。我曾在这里遇到内向的男店主，他不会国语，但我们依靠衣衫识破彼此，我买到一件有着卓别林图案的白色 T 恤，顺道看到这个在店里吃着方便面的瘦削男生在自己的店铺里摆放的独立杂志；我还记得在五楼的银饰店买到饰品，女店主不会讲国语，就用计算器给我一一介绍价格——这些藏在脑海中的 20 岁阶段的记忆，充满了一种人在旅途的莫名勇气。

行走 tips / **利时商场** / 尖沙咀加连威老道。

我喜欢加连威老道，因为这条街道充满了年轻的气息。那些深藏在二楼的时装店铺里都是一些放达的身影，不按常理归置生活，亦没有与现实有太多对应的绝对姿态。我总是觉得，对于潮流的把握，和对自己内心的把握几乎是一致的。我又记得，自己曾是囊中羞涩的学生，游荡在加连威老道，无钱消费，但依然体味到了城市里被渲染的那些时尚美好，在和与我一样热爱潮流、城市的人交换的眼神中，获得与这个

↗隐藏在加连威老道里的利时商场

↑抛开那些流行的店铺，加连威老道显示了一种尖沙咀的热闹和市民味道

城市的共鸣和内心最大的满足。2005 年，第一次在香港买当时的本土潮牌 izzue[1]，亦是很开心的经历，店铺里的陈列和音乐都让人欣喜。当时在加连威老道买的那一件 5cm 白色 T 恤，如今再从衣橱里翻出来，有着沉淀的滋味。当年，我为杂志写香港的逛街稿，提到当时的买物体验，全是一种青春无敌的架势，当然要感谢加连威老道赐予我的初级烂漫加美好！

2011 年 9 月再去加连威老道，以前的老铺头难觅踪影，

1　izzue (http://www.izzue.com) 作为香港原创时尚品牌，始创于 1999 年冬季，为香港 I.T 集团旗下最受本地年轻男女欢迎的原创品牌，专为喜爱自我配搭的人而设，其服装以休闲、时尚为大方向，是主流外的一帖清凉剂；5cm 也是香港 I.T 集团旗下的青年原创时装品牌。

體驗初夏購物樂趣
The ONE
L20
HOMELESS
婚宴專門
L13

被城市地产商买下的街道入口处的地皮上，已经矗立起叫作"The ONE"的大型高层 shopping mall，与地铁站连通，成为如今加连威老道最为亮眼的新兴潮流地标。The ONE 尤以众多的日本潮牌为主打，八楼的那家设计家具用品店"Lost and Found"里每一件生活设计用品都让人爱不释手。潮流向前，很多年前，还是中学生的梁咏琪就是在加连威老道上被星探发现，随后入行，如今这已是这条尖沙咀街道的一段陈年旧事了。

行走 tips / **The ONE** / 尖沙咀弥敦道 100 号，加拿分道、加连威老道交界处。

被拆掉和改建的还有我以前每次到尖沙咀必去的北京道和汉口道——七年前，我喜欢来这里的 HMV 音像店，这是当时亚洲最大的 HMV 店，我每次总在这里买 CD、DVD 和英国杂志。如今，HMV 早已搬家，踪迹不再。现在，在北京道上矗立的 i SQUARE（国际广场）真是新鲜，购物、看戏、食饭都能在里面搞定。从 i SQUARE 清爽的扶手电梯靠窗位置看出去，是香港尖沙咀的老楼群身，有着时光斑驳的感觉，可以一下子把我们从现代拉回去。我忽然想到，七年前我在北京道和汉口道的路口逛 HMV，听店里的香港音乐电台播放粤语新歌和外国潮流讯息，和好朋友 Maggie 一道，在尖沙咀望见王家卫的"重庆森林"，在这里看雨中的尖沙咀，妖娆自持，却繁忙喧闹。

行走 tips / **i SQUARE** / 尖沙咀北京道和乐道交界处。

2005 年 6 月，我在加连威老道旁边的堪富利士道，听到私人碟铺播放陈奕迅那首《夕阳无限好》，歌词有唱："多风光的海岛 / 一秒变废土 / 长存在心底的倾慕 / 可会够细数 / 每秒每晚仿似大盗 / 偷走的青春一天天变老 / 只可追忆到 / 想追追不到……"林夕的词。那时我正要和学生生涯说再见，人生的一个阶段行将结束，未来似乎又很危险和神秘，看不通透，只能站在香港街头让时光无情地走；而现在，经历了工作、欧洲留学，很多时日的洗礼后，再回想，心绪总难平。

“午夜巴黎”之尖沙咀

关于尖沙咀就是有些回环往复的时刻，比如2006年的10月和香港的朋友Tim在这里吃了一顿简单的日本餐；和另外一个朋友Brian在弥敦道上匆忙告别；从海防道一直走下去，去到新港中心的潮铺D-mop和I.T，再去到海港城的Page One（页一堂）书店买杂志，顺道去一楼的Kiehl's（契尔氏）看新到的化妆品，去Marc by Marc Jacobs店里看最新的时装画册。

2011年9月在尖沙咀，旧时线路重现，城市空间有一些改动。我和朋友约好在i SQUARE楼上戏院看伍迪·艾伦的电影《情迷午夜巴黎》。上一次在戏院看伍迪·艾伦的电影，还是在2009年夏天的巴黎，在蓬皮杜中心旁的MK2戏院看《Whatever Works》(《怎样都行》)。坐在香港的戏院里，发现伍迪·艾伦讲述了一个时光穿越的故事。如果说此前的欧洲旅行和学习是一次艳遇，这种回到香港体味城市风情的遭遇则是旧情人偶遇吧，这算是一种空间的穿越吗？

《情迷午夜巴黎》里依然有一个标准的伍迪·艾伦存在，让人在光影里囫囵吞枣尝尽各种文艺风物。《情迷午夜巴黎》印证了美国人心中一贯臆想的巴黎感觉，这种感觉可能是对的，也可能是错的。当然这不是电影的重点，重点是我们始终活在“当下的困境”中，无法自拔——如男主角所言，他的写作陷入瓶颈，是一种 perplexing situation（让人疑惑的状态）。我们执迷于故去和往事的安慰，正像我执迷于一种老式香港的质感和味道。

我被《情迷午夜巴黎》迷住，那些文学巨擘的名字，因为被美国明星演绎，而带上了一些讽刺和好玩的意味，特别是我喜欢的凯西·贝茨（Kathy Bates）演绎的格特鲁德·斯泰因（Gertrude Stein）——美国女作家、诗人、艺术收藏家——所体现的一种咆哮状态。我最近在读的一本名为《The Life and Times of Samuel Steward》（《塞缪尔·史都华的一生和时代》）的书，正好提到了塞缪尔·史都华和格特鲁德·斯泰因的当年事。20 世纪 20 年代的巴黎，确实是海明威笔下的盛宴。当艾德里安·布洛迪（Adrien Brody）扮演的萨尔瓦多·达利（Salvador Dalí）出场，我由衷地笑了，伍迪·艾伦真是太有趣了！电影里的文艺名字还包括：弗朗西斯·斯科特·菲茨杰拉德（Scott Fitzgerald，美国著名作家，最有名的作品是《了不起的盖茨比》）、赛尔妲·菲茨杰拉德（Zelda Fitzgerald，斯科特·菲茨杰拉德的妻子，富家女，有天赋的芭蕾舞者和作家）、科尔·波特（Cole Porter，美国天才的百老汇音乐家，一战期间移居巴黎）、约瑟芬·贝克（Josephine Baker，生于美国、移居法国的黑人演员和舞蹈家，被称为“黑珍珠”）、巴勃罗·毕加索（Pablo Picasso，西班牙著名画家、雕塑家）、杜娜·巴恩斯（Djuna Barnes，美国女作家，作品多以女同性恋生活为主题，整个 20 世纪 20 年代住在巴黎）、路易斯·布努埃尔（Luis Buñuel，西班牙国宝级电影人，达利的好友，20 年代侨居巴黎）、曼雷（Man Ray，美国达达和超现实主义艺术家、摄影家，一生有 44 年在法国度过，以巴黎为创作基地）、T·S·艾略特（T.

尖沙咀亚士厘道上的 intime 酒吧，在夜晚发出一种散漫的光晕。它镶嵌在各式商铺之间，香港真是寸土寸金的地方。

S. Eliot，生于美国的英国诗人）……影片叙述的第二层穿越中，出现在 19 世纪 90 年代的老家伙们我就不细数了，记得里面有亨利·马蒂斯（Henri Matisse，法国野兽派画家）、保罗·高更（Paul Gauguin，法国后印象派画家）。

我们看完伍迪·艾伦，戏院外尖沙咀的人潮瞬间吸附干净内心升腾的文艺情怀，使你来不及去细细咀嚼。此时已经接近傍晚时分，来了一阵稀稀落落的雨，好像电影里，男女主角撞见的巴黎的雨，打在身上，全然一种温情的姿势。我们在尖沙咀的北京道上快步走，无意躲避这场香港雨。我们穿进一条安静的街巷，香港朋友 Joy 的好友在这里开了一家 Pub，名字叫作“IN TIME”，英国味道的 happy hour[2] 延展出一种间隔的效果，使得这里看起来又似乎不是尖沙咀了。

整条街都很伦敦，加上这点无因的小雨，鬼佬在酒吧里喝着小酒，这是一个多么文艺的下午。一切正如这家酒吧的名字，“IN TIME”，没有早一点，也没有迟一些，刚好赶上了，连同这场无端的类似伦敦的雨。我们在 Pub 里各自点了一杯酒，四下聊开了，聊到夜幕渐渐上来，雨没有停下来的意思……

行走 tips / **IN TIME 酒吧** / 0852-2111-0800 / 尖沙咀亚士厘道（Ashley Road）21A 号地下。

回溯到 2005 年，在香港的第一日，在尖沙咀维多利亚港岸边的香港文化中心，我们一行人排队入场看法国印象派画展，从下午一直排队到日落才进入。那一份对艺术的真诚和

2 happy hour：英美国家流行的下班后“欢乐时光”，此时喝酒往往有优惠。

炙热，这么多年都还在我们彼此的心上。为了一次接近美的旅程，我们可以付出体力、心智，因为我们知道接近美好的过程是艰辛，是付出。当我们终于走进展览中心，灰色玻璃窗外已是华灯初上的香港中环夜色。那种美，真是刻骨铭心，像是嵌入了心脏，多年后那一片打动我的夜色还鲜活如初。虽然，我后来到了欧洲，在巴黎的卢浮宫和奥赛美术馆看了更多的真品，有另外一番激动和心绪难平，但是我依然记得当年在尖沙咀排队等待入场时内心乱撞的悸动以及狭窄展场内，那扇为我悄然打开的门户。那种探索和好奇之心成为一股无形的力量，催促我后来又去了更远的地方。此后，我每次经过尖沙咀的香港文化中心，都会不自觉地走进去，运气好的时候会遇到自己心仪的艺术展览，体会到艺术家和观众的情绪碰撞。2006 年 4 月，香港电影节期间，我在香港文化中心看了《i-D》杂志[3] 25 周年封面展，我告诉自己，有一天要去伦敦，把杂志里那些文艺的场景一一走遍，我没有对自己食言……

行走 tips / **香港文化中心**（Hong Kong Cultural Centre） / 尖沙咀维多利亚海港旁，从地铁尖沙咀站 E 出口出来，向尖沙咀天星码头方向走即可 / http://www.lcsd.gov.hk/CE/CulturalService/HKCC/index.html / 香港文化中心于 1979 年奠基，1984 年兴建，并于 1989 年 11 月 8 日启用，毗邻香港太空馆和香港艺术馆。其揭幕仪式邀请到当时的英国王储查尔斯王子及戴安娜王妃主持揭幕，正式宣布该中心落成并对外开放。

这些关于尖沙咀的自我经历，只是在这里遭遇的人事中被放大的部分。去年 9 月的一个下午，有很好的阳光，我第一次踏入尖沙咀的九龙公园，去里面的泳池游泳晒太阳。此时的尖沙咀，具有一种挽留的姿态，从九龙公园游泳池外的空旷广场上望弥敦道上的高楼，新旧交叠，是过去和现实最真实和具体的一种体现！

行走 tips / **九龙公园** / 香港九龙尖沙咀，地铁尖沙咀站 A1 出口。

3 《i-D》是托尼·琼斯（Terry Jones）创办的一本英国时尚杂志，对时尚与风格发表独具视角的评论已经超过 25 年，内容包括摄影、设计、时装及风格评论与报道，对新生的时尚艺术有重要影响。

Chapter 2

从旺角到太子，流行以外的情歌低吟

MY TIME IS
IME
IS
NOW

旺角杂乱、市井、狭窄，夜晚变作夜市的街道挤满了人——有研究显示，旺角是世界上人口密度最高的地方；旺角收容了很多隐匿的犯罪，那是香港警匪、枪战戏最喜欢的地理代名词；旺角是低俗和欲望的综合体，是可以夜啖美食、开口欢笑、金屋藏娇、一楼一凤的地段。当年尔冬升拍《旺角黑夜》，被香港标签化了的“北姑”现象被导演安插进了电影中，展现方寸之地的旺角，这一夜晚不过 8 小时的黑，让人心头唏嘘、嗟叹的角落。旺角似乎是孽债、宿命和永不妥协的生命决断，和备受外邦文化影响的香港其他地段不同，旺角就是香港人自己主宰的地区，它是茂盛和拥挤不堪的，融合了好多本土风格，显得特别有人世纷争意味。

我的旺角，更像是“青春快餐”，不会差到哪里去。《旺角卡门》里，张学友扮演的街头青年在旺角卖鱼蛋，遇到警察来查，四处飞奔逃窜。你可以在旺角试一杯鱼蛋的味道，那可能就是回忆里的青春滋味。

我曾经试着从尖沙咀沿着弥敦道散步，走过佐敦，到油麻地，再抵达旺角——香港的夜晚即便再嘈杂，也是可以散步的。在旺角地段，你会偶尔看到街边的小花园里，有很多老人在交谈，简单运动，在这座城市里闹中取静。抵达旺角的新地标“朗豪坊”（Langham Place）这座有着灰色外观涵盖了酒店、戏院、商铺的巨型建筑后，人潮瞬间就可以把你湮没。那一刻，你会恍然明白，人海之中，走散了的自己和无法牵手的宿命在此刻叠合了。

旺角的旺，流行过境

旺角的代名词是波鞋。波鞋是香港人对于“球鞋”和“运动鞋”的统称，因为粤语讲“球”借用了英语的“ball”的发音。2005年那阵，刚刚建成不久的朗豪坊还不算是人气旺地，就我所知，旺角当时最为有名的就是那几条“波鞋街”。满满当当的波鞋街上，小铺头人气旺盛，塞满了新款潮流运动鞋，以及从日本、欧美直接采购来的限量版波鞋，让你眼花缭乱，无从下手。这里商品的价格也很平，夜晚来波鞋街逛，收获最广！

行走tips／**旺角波鞋街**／即旺角登打士街至亚皆老街之间的花园街，从地铁旺角站D3、E2口出向东行可以找到。

我的逛街路线，是到旺角的山东街和朋友见面，在一家茶餐厅吃晚饭或者宵夜，然后折返弥敦道，穿越地下过街通道，去到对面的“信和中心”。信和中心大厦的一楼、二楼全是小小的音乐、电影、杂志店铺，在这里往往能淘到比一般音像店便宜一些的火热CD、DVD。它是香港本地音乐文化爱好者的宝地，我往往能在这里买到我喜欢很久的歌手的演唱会现场版DVD，以及很多市面上已经无从寻觅的经典歌手的经典CD。我记得有一家铺头专门经营日本的潮流甚至AV女优杂志，生意一直火爆。上到二楼，店主会像秘密人士接头一般问你是否需要“格仔片”（打上马赛克的色情视频）；如果你和老板很熟络，还可能买到无“格仔”的片子。我喜欢“信和中心”里类似于港片里的暗语交道，亦喜欢这里隐藏的买卖活力。在这里，粤语歌放一个通宵，来来去去的年轻人彼此交流音乐心得，老板熟悉你的喜好，无论欧美、日韩、香港、内地风格的音乐，你都可以找到。

夜晚人气最旺

夜晚淘CD的好去处

行走 tips / **旺角信和中心** / 九龙旺角弥敦道 580 号。

朗豪坊是一种香港城市空间变革和利用的又一个例子。当年谁会想到在寸土寸金的旺角，还能平地矗立起一幢硕大的、功能多重的大厦，把现代人的一切乐趣都装了进去。朗豪坊里国际一流的五星酒店把旺角给人的破旧和杂乱的印象一扫而光。记得朗豪坊开幕后，时尚 icon（偶像）约翰尼·德普（Johnny Depp）曾入住此处，接受本地潮流杂志《Milk》的采访。从他的房间望下去，就是旺角那些破烂但是很有生气的大厦，一栋一栋向上生长，显示了一个城市的顽强生命力。旺角的旺，其实是由顽强铸造。镜头里的约翰尼 · 德普

沧桑中依然有顽童的一面，不羁而放达。想一想，他住在朗豪坊还真是对味，混合冲撞，自然有火花！

朗豪坊一处本来是一片达 180 万平方英尺的旧住宅用地，后来由市区重建局及鹰君集团合作，经过 10 年时间的规划及重建，建成一块崭新地域。其中，办公大楼及酒店率先在 2004 年第三季度启用，同年 10 月，商场部分亦开始营运。负责设计工作的是美国捷得建筑师事务所（The Jerde Partnership），而担任项目建筑师的则为香港建筑师王欧阳。朗豪坊商业大厦设计独特，大楼顶部建有半球状结构，并会于每晚不断改变灯光颜色。在我看来，朗豪坊商场内部，最引人注目的是那个“天梯”一般的扶手电梯。这段连接 4A 字楼与 8 字楼的“通天电梯”是香港最长的商场扶手电梯之一。坐上这处“通天电梯”，可以看到对面墙上的大银幕播放的流行歌曲视频。镶嵌在商场内部的各类潮牌商铺，让这里成为旺角最为集中的潮流地带。谁又能去回首，朗豪坊

百老汇电影中心门外，绿色是它的主调

前身，作为香港知名红灯区的旺角旧区里，夜总会、卡拉OK厅、按摩馆林立的场景？

延伸阅读 / http://www.langham-place.com.hk/tch/

油麻地，温暖文艺心

因为要找百老汇电影中心（Broadway Cinematheque），所以去油麻地，夹在佐敦和旺角之间的油麻地往往会被忽略。以前做香港电影的硕士论文时，都没有去这里的库布里克书店（Kubrick）买书，反而是2011年两次去香港，都有去电影中心看电影；只是9月那次遇到电影中心的书店装修，有点遗憾。如今看到已经装修一新的百老汇电影中心和库布里克书店开门迎人，很窝心。这里依然是香港文化人、作家、导演、艺术家的据点，库布里克书店长期举办读书分享会、电影创作经验谈，所以你可能会在这里撞见文化人林奕华、

作家陈宁、才女张艾嘉，抑或导演杨凡、作家迈克等等。而我亦欣赏电影中心在香港院线中坚持放映文化艺术电影，并且以合理的电影票价赢得很多知己观众。

绿色是百老汇电影中心的标志颜色，象征了一种生命力和创造力。来到电影中心，室外的电影海报不算新潮，但宣传的都是一些我偏好的文艺片，有点像我在巴黎艺术院线MK2撞到的场景。我喜欢电影中心外，绿色、白色相间的法式遮阳棚，显露了一种法国电影的浓情味道。由此我们判断电影中心的口味，必然是偏向花都左岸的前卫、浪漫、先锋而多情吧。我想到香港歌手黄耀明在一次演唱会上介绍接下来的演唱曲目时说的“我们在写这些歌的时候，都是一心想着法国的”——这句话用来形容港人心中的百老汇电影中心一点不过分。在我看来，这处百老汇电影中心像是独自开放的花朵，沐浴本港的阳光雨露，受到本地文化人的悉心栽培，茁壮成长，长成了香港本地的一朵文艺奇葩。

我记得2011年4月在电影中心看的一部加拿大电影《母亲的告白》。这部获得2011年奥斯卡最佳外语片提名的法语片，有着一个错综复杂而野心庞大的叙述体系，过于沉重。看完后，我觉得它比获得2011年奥斯卡最佳外语片奖的那部丹麦电影《更好的世界》还要好，好在一种电影结构，好在一种类似于自残的讲述机理。这种讲述方式的存在一部

装修一新的库布里克书店内，在这里除了可以看书，还能喝咖啡，吃简餐

分是因为电影展现的是宗教冲突下人性的陨落和挣扎，还有一部分原因在我看来可能是导演自我经历的影响——我没有去查这部影片的任何背景资料，事后也没有，但在那种剥茧般的讲述方式下，人物与往事、现实和历史的交叠已经铸造了一个有着强大内在的光影世界。这真是一部荡气回肠，让人悲愤辗转的电影。油麻地外的阳光都照不透我看完这部戏后，内心的那种阵痛，那感觉就像被一个石头打中了头，或者在溺水身亡前拼命挣扎。

那一个看完戏的午后，我和朋友 Maggie 就在电影中心库布里克书店的咖啡区域吃了简单的午餐——意大利面、一杯咖啡——让时光在油麻地的这一刻凝固，留下悠长意味。库布里克书店里的文艺书籍和杂志都是我们的心头好，在这样一个日子，有电影，有情绪，有咖啡和书籍的味道，已经足够。电影中心下面还有一间面积不大的音像店，这里有我喜欢的众多电影 DVD 和电影原声 CD。那天，我先在库布里克书店买了台湾广告创意人许舜英的像砖头一般厚的《古着文本》和《购物日记》，香港词人、作家周耀辉的《突然十年便过去》，台湾出版的村上春树出道 30 周年纪念册子，并为朋友买了台湾出版的《PPAPER》杂志；其后在音像店买了法国片《A Love To Hide》（《隐藏的爱》）的 DVD，为朋友买了希腊电影巨擘安哲罗普洛斯的电影原声 CD《尤利西

斯的凝视》和《哭泣的草地》。我们当时在店里听到舒心的音乐，Maggie 随即问了店员，然后买了两张《The Memory Machine》（《记忆机器》），一张送给我；我回来后，反复听，是非常 indie[1] 的专辑。

我想，此后百老汇电影中心应该是我经常会去的地方。有一晚，我在百老汇电影中心外等一场电影开始，约好的人却一直未到，我坐在花台上等到电影开场后半小时，电影中心工作人员把大门关上，我错过了在大荧幕上看一部短片集。那时，电影中心外的夜晚仿若是巴黎隐藏的小街道上身，两对男女在路灯下说了很久的情感，一些行人从眼前走过，幻化出一种法国电影的真情实趣。

顺带一提，在油麻地可以造访灰色外观的油麻地警署，这处警署在 1922 年由上海街及众坊街搬迁至此，属于九龙

行走 tips / **百老汇电影中心**(Broadway Cinematheque) / 九龙油麻地众坊街骏发花园内，搭乘地铁至油麻地站下车，从 C 出口出，沿路标至众坊街 3 号骏发花园。电影中心内设有库布里克书店、咖啡便餐区及一个音像店。

1 Indie：独立音乐。

区最古老的警署之一。警署楼高 3 层，其 18 世纪西式建筑风格属维多利亚式新古典主义建筑风格，以圆柱形开放式支撑物为特色，被香港古物咨询委员会评定为香港三级历史建筑。由于外形充满特色，油麻地警署吸引不少摄影爱好者到此拍照。此外，警署附近还有天后庙，而有着浓厚油尖旺地域特色的庙街、上海街都在百老汇电影中心和天后庙之间。我看到上海街上那一间依然在营业的 80 年代夜总会，外墙贴满了 20 世纪 80 年代风格的招贴画，一切都还是原来的样子，可以成为缅怀和寻觅早年香港电影滋味的去处。

行走 tips / **油麻地警署** / 九龙油麻地广东道 604 号，从地铁油麻地站 C 出口出，沿弥敦道往永星里前进至众坊街，再至广东道口向左转就能抵达。

太子味道，“一点心”意

“九七”前，每天在启德机场起降的航班总是在九龙城上空制造出巨大的噪音，那些划过九龙城建筑和居民头顶的飞机，像是随时可以和香港逼仄的高楼撞一个满怀。九龙城的那些民居楼宇真像是积木堆积起来的鸽子笼，牢牢实实，把上升的空间一寸一寸占满。我想到彭浩翔导演在电影《维多利亚一号》中拍摄的香港民居楼宇，都有一种压抑的姿态，仿佛正失去理智地疯长。新的公寓有着一身贵气，不可一世，旧的楼宇又给人一种杂乱错觉，仿佛被嫁接过，都不真实。随着“九七回归”，启德机场结束使命，政府开始拆建九龙城。但是这么

多年过去了，这里植根的非常本土的香港市民生活景观依然不可能被拆掉和移植走，地气和时时刻刻的挤压感依然存在，这才是九龙城。

从旺角再往九龙方向走，就可以置身于九龙城的地盘。2011 年 9 月我住在太子（Prince Edward）。朋友租住的太子老式公寓，狭小到只能容下他一个人，在洗手间里想转一个身都会觉得局促。即便是在如此狭窄的空间内，左邻右里依然保持每日的安静和克己，没有吵闹，每一个空间都被间隔出来，成全一个私密自我的寓所。清晨，我从朋友在太子的住所望出去，天空有大朵的白云飘过。很奇怪，周围全是高高的居民楼，但除了偶尔可以窥视到的对面高楼里晃动的人影，四下都安静，仿佛九龙城的那些沸腾和热闹都没有了。后来，我和朋友在他家楼下的街道散步，九龙城的人间烟火味道才显现出来：食肆里来来去去的食客，学生一族上学放学的身影，还有老妇人结伴买菜回家时那些闲言碎语——这些组成了一幅鲜活的九龙城图景，相当有人情味道。

不过，要体验真正的九龙城味道，一定要搭乘公车去到狮子石道和侯王道，在这里才能接触到密实而真切的九龙城感觉。那些破败老楼下的老店铺依然在运作，熟悉的街坊邻里会在侯王道上的菜市场买菜，拉一拉家常，遇到熟悉的店家，会享受一些折扣。狮子石道上有一些餐馆，没有额外华丽的装修，食物就是最好的招揽客人的利器。一日，我约了香港文化名人马家辉，在狮子石道上的永珍越南菜馆吃午餐加采访。后来马家辉告诉我，九龙城虽然旧，但是香港人依然喜欢周末来这一带吃饭，这里的饭菜好吃，还有一种香港情调——本真的、原始的、未经雕琢的、远离浮华的。我那日在等待马家辉的时候，走入九龙城唯一的商场九龙城广场，那里有着凋敝萧条的景观，暴露出九龙城自己的频率——它也许根本不需要那些快速和流行的城市元素，守着侯王道上来来去去的香港人气就好了。

2006 年春节，我住在以前的启德机场对面的富豪东方酒店。2012 年 6 月，我再走过这家酒店，又一次看到曾经风光无两的它，没有任何的人气，像是被遗忘了，跟对面荒废了的启德机场空地一般，沦落成一副孤魂野鬼的样子。只是，稍微加入一些想象，就可以想见 富豪东方酒在“九七”前的风光体面，这栋酒店让我真切地感觉到了香港早年经济起飞时的豪气。现在酒店外墙已经完全暗淡，估计机场拆除后，客人随之减少。酒店的光辉历史随着对面启德机场的拆除而彻底结束，当年连接启德机场与这家星级酒店的天桥也已经荒废，现在剩下的桥段像是生了锈，无人搭理，横亘在公路上方。启德机场的空地就如斯被时光彻底抛弃了。

我对太子印象深刻，还因为朋友带我吃了这里一家茶餐厅的食物。餐厅名字叫作“一点心”（One Dim Sum），是传统港式茶餐厅，供应早茶和午饭，价格很公道，师傅继承了上一辈精彩的粤式糕点和小食的做法，让食物保留了一种原生态的真实味觉，让人尝一口即会爱上这种味道——厚实，如娓娓道来的故事——配上店内杂乱的人声、匆匆忙忙的食

富豪东方酒店的外墙
透露出凋敝

客印象，给人的感觉不精致，但却传统。这家外表不起眼的"一点心"，午间时段需要提前订位置，不然就只能排队等待入场。不过我看到的餐馆外面排队的香港食客，倒是一副悠闲面貌，他们等待食物的心情显然不是急躁，应该是想慢慢品味吧。

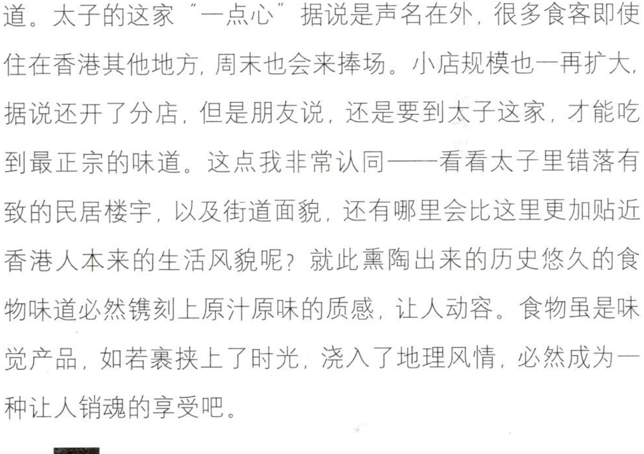

至于我们那次点了哪些粤式小食，我忘记了，只记得味道。太子的这家"一点心"据说是声名在外，很多食客即使住在香港其他地方，周末也会来捧场。小店规模也一再扩大，据说还开了分店，但是朋友说，还是要到太子这家，才能吃到最正宗的味道。这点我非常认同——看看太子里错落有致的民居楼宇，以及街道面貌，还有哪里会比这里更加贴近香港人本来的生活风貌呢？就此熏陶出来的历史悠久的食物味道必然镌刻上原汁原味的质感，让人动容。食物虽是味觉产品，如若裹挟上了时光，浇入了地理风情，必然成为一种让人销魂的享受吧。

行走 tips / **一点心餐厅（One Dim Sum）** / 太子运动场道 15 号京华大厦地铺 1-2，从地铁太子站 A 出口出来，顺着运动场步行就能看到京华大厦了。/ 推荐→马拉糕，凤爪排骨饭。

说回太子，我喜欢这个英文名字："Prince Edward"（爱德华王子）。我亦喜欢香港的其他地名，比如 Admiralty（金钟，原指英国海军部大楼）、Aberdeen（香港仔），喜欢已经拆掉了的 The Queen's Pier（皇后码头）。我记得，七年前第一次到港的一个夜晚，我在拆掉前的 The Queen's Pier 外的爱登堡广场，等一班去"太平山顶"的巴士。

从旺角到太子，以及在油麻地经历的故事、场景，看的戏，想的人，都像是昨日黄昏，有时候觉得那些记忆像是酒醉后的一次行走。2007 年 12 月的一个夜晚，我在旺角的戏院，看午夜场的《色，戒》，电影散场后，从影厅的另外一道门退场，惊觉，戏院楼道里幽幽的绿色灯光正诉说着一种前世的情缘……

Chapter 3

从中环到SOHO，凝固的青春梦境

HOLLYWOOD RD
End
終止
2012
SITE ENTRANCE
BEWARE OF VEHICLES

从尖沙咀去中环，我喜欢搭乘天星渡轮，这一在香港维多利亚港运行了上百年的交通工具把一海之隔的香港两岸以一种慢速的方式连接起来。和搭乘地铁不同，乘渡轮时，船在海上漂荡，海风拂面，你能望到对岸鳞次栉比的中环高楼一寸一寸接近，层次鲜明，凌厉浩然，仿佛展开了一幅浓缩百年香江的城市图景。只有坐于天星渡轮上，才可以真切触摸香港天际线下的这份沧桑，被浓缩的时光和空间，被打上了层层叠叠的华彩味道。

回忆在这一片浩荡的海水里荡涤，蔓延。我非金融浪子、职场野心家，也绝非陷入这一派钢筋水泥的现代文明里无法自拔的城市自恋狂，在中环行走，总是快速，会不自觉加快步伐，有时候又觉得格格不入——身边西装革履或是office lady 妆容的行人和你擦肩而过，显示这是一个被装点过的香港区域，一切都很有规则，如时空计数器精确计数，如点钞机准确数点。我们都会为现代文明的城市森林震颤，高楼之间浮动的城市暗语，是符号化的后现代旋律：黑色 formal 装扮、标准微笑、楼宇之间的静默。走上不同高楼之间的人行天桥时，脚下是飞驰的汽车，没有喧嚣和过度堵塞，只有交通规则规范下的人影车影，你自觉在半空中，离地漂移，能毫无障碍地走完中环几大标志高楼建筑。我曾试过在夜晚走入大厦之间的人行天桥、过街通道，周围是通宵点亮的灯火，大厦里面是安静森然的气场，如恐怖戏在酝酿开场——中环在夜里竟然是如此让人惶惑的地段。那些安插在遮打大厦，还有皇后大道中两旁的名店身影，以及最新品牌海报被灯光雕刻出的魅影，是另外一种不真实的情态——妖娆魅惑，但又冷清无情，把温暖挡在了外面，让人心生疑惑。

说了以上的话，并不表示我对中环没有爱意。中环的高楼建筑群以及周围的地理空间的布局大概可以算是亚洲城市空间巧妙利用的典范。以遮打花园为例：这处修建于三十多年前的花园，已成为整个中环高楼环宇中的一方静谧空间，

LAB

安静自处在以遮打大厦、中银大厦、最高法院、汇丰银行大厦为地理标志的中环心脏地带，未受到城市发展的任何侵蚀和损害。32 年前种植的树木已经长大成为整个中环心脏地带的珍贵绿色景致。即便是在繁忙的中环上班搏杀时日，遮打花园总是可以让上班一族在午间时段，坐于长椅上，享受一段安静的午餐时光；亦可以让人在晚间时段，暗自独坐，看中环的灯光一点一点点亮，体验时光变迁。今天只要站在遮打花园的中心抬头看，周遭全是香港的核心政治经济地标：昃臣道出口正对着香港立法会大楼；遮打道方向则是友邦金融中心；再往德辅道中看，是汇丰银行及中国银行大厦；其次还有在皇后大道中并肩而立的高耸入云的长江集团中心及中银大厦。

从史料记载来看，33 年前遮打花园刚刚建成时，四周以光鲜高档的外资五星酒店居多，比如希尔顿、丽嘉、富丽华。现在当年的地标建筑大都已陆续被拆除，剩下文华东方酒店仍在原处；旧汇丰银行和维多利亚式建筑的旧香港会所则以全新的面貌耸立原地；不变的是往花园道方向上行，几步之遥的圣约翰教堂、政府合署和易名为礼宾府的港督府。遮打花园周遭建筑物的改变，悄然说明了香港在政权变化和经济发展中的嬗变。2005 年第一次在中环行走，我就是从长江集团一路上行，抵达圣约翰教堂。若继续往后抵达礼宾府的正门，依山而上，你可以走到香港著名的夜景观看地：太平山顶脚下，在那里搭乘历史悠久，也是世界上倾斜度最大的山顶缆车，上到太平山顶，饱览香港醉人夜色。在我的收纳盒里，依然有一张当年购买的圣约翰教堂的老照片明信片，泛黄的黑白照片上，是 1886 年的香港——从圣约翰教堂高处看维多利亚海，周围没有任何城市迹象，再对比如今的中环建筑，似乎真切触及香港的百年时空和历史变革。2005 年 6 月在圣约翰教堂遇到西人婚礼，白色婚纱外面，是一群西人小孩子的欢乐面孔，教堂内的新婚欢畅美好动人，这种异邦文化色彩，是香

有人形容，遮打花园就是中环的一颗绿肺

位于遮打花园附近的香港立法会大楼见证了香港百年政权法治变迁

港中西合璧的一种外延体现。

2012 年国内的《MING 明日风尚》杂志在 2 月刊中做了一期关于“遮打花园”的专题，记者研究从政府档案馆查到的花园设计图，发现经过 33 年历史的遮打花园内的特色建筑构造从未改变过：人行通道、水池、植物带、有盖屋顶、天桥等。中间虽然经历一些变化与波折，万幸还可以保持不变。当年的市政总署还从整体景观美观的角度衡量这座花园，始终保留中环高楼中的这一片难得的绿茵，未将其拆掉或者卖给地产商用作商业用途。由此，想到纽约城，城中高楼林立，但是再多高楼和繁忙的都市节奏都不可能撼动“中央公园”的绿意舒适。城市不同地理空间的和谐和共存，在香港的中环和纽约实现了，给人很多启迪。遮打花园由始至今的统一，印证了对于城市地理空间，坚持原则和理智长远思索的重要性。由此，城市地理的历史感才能累积发挥化学和人文作用。

在拆掉的中环的天星码头和皇后广场前，2005 年和 2006 年期间，我每次搭天星渡轮从尖沙咀到达中环，就可以散步，从天星码头到遮打花园，开始游走中环。如今，这样的路线已经成为昨日记忆，被拆掉的中环天星码头，正如我们消散的青春，男生不再，我已过了而立的年岁。

2005 年，我在遮打花园里抬头望见中环楼宇，到了 2012 年，同样一个角度，没有任何变化，遮打花园也没有任何的改动

中环夜色，高楼反射出来的
一种现代摩登

天星保育战，“皇后”移步

2006年，在中环天星码头以及矗立在这里的天星钟楼被拆除前后，香港爆发保卫天星码头和钟楼的游行示威，港人的集体意识被唤起和激发。这场保卫港人集体回忆和城市公共空间的运动被称为“天星保育运动”。为了挽留这处陪伴港人近半个世纪的钟楼和码头，部分香港市民在即将拆除的天星码头示威，绝食抗议，希望政府倾听到保育的声音，保护历史遗迹。其时，寂寞的站台前，挂着白底红字的中英巨幅标语：“尊重我们的文化和历史。”靠着工地的围墙外，便是天星码头旧址，有人献上了花圈，贴上了挽联，上书“天星千古”——这条不足200米的站台走廊被布置得像天星的灵堂。

但是民众的呼声最终敌不过香港城市“填海”的速度，历史在和现实的角力之间，再次显示了一种弱小和无能。2006年11月11日，旧中环天星码头驶出最后一班船，当天有15万香港市民怀着难舍心情，买了最后一张船票，回味中环码头48年来的集体记忆，并在码头上系满了表达依依不舍之情的蓝丝带；而彻底拆除天星钟楼和码头则是在是年12月中。其实，我自2005年第一次去香港，每每从尖沙咀搭“天星渡轮”到中环，都在这里的天星码头上岸，并由此直接步行穿越爱丁堡广场，进入中环。不过这种经历在2007年我再度来港采访香港电影节时已彻底改变。簇新的中环码头取代了此前的天星码头，移步到国际金融大厦IFC楼下，整个码头确实是光鲜簇新，显得开阔、敞亮，设施多为游客考量，但是新的东西就是少了魂魄。没有了历史意味的

地理空间只具备功能性，无人文价值。虽然新码头采用维多利亚风格，但其实和多数城市修建起来的新式仿古建筑一般，充满了戏拟的虚伪内涵。

我想，对于“天星”的怀念，此种集体意识大约是生于上世纪五六十年代的港人所共有的。历史资料显示，当时的天星码头属于第三代中环天星码头。随着 20 世纪 50 年代填海工程的实施，这座码头于 1958 年落成，紧贴着有香港大会堂（Hong Kong City Hall）的爱丁堡广场。第三代中环天星码头，正式名称为“爱丁堡广场渡轮码头”，设计以简朴实用为主。码头上设有一个由比利时王子送赠给怡和洋行，再由怡和洋行转赠给天星的大钟，成就香港最后一座机械钟楼。它每 15 分钟报时一次，是香港所余无几的旧式钟楼之一。码头及钟楼沿用 48 年，为中环的著名地标之一。在很多香港人的记忆中，天星码头代表着初恋、热恋甚至分手，是爱情生命中的重要地标；它连接大会堂的一带，是香港真真正正的市中心、文化集中地，反映着多年来香港的各种转变。

上世纪 60 年代的一部“英语残片”《苏丝黄的世界》里，异国画家即是在这块简单的天星码头邂逅酒吧港女。片中关南施扮演的苏丝黄，让天星码头成为一种代表中西文明碰撞的地理符号。黏稠夏日，香港下过的雨，天星码头上的异

↑ 2005 年 4 月，一阵雨下过之后，香港大会堂花园里的一排凳子
↖ 香港大会堂

国情调，华人旗袍荡涤出来的东方性感，对于英国人来讲，必定是充满了奇幻色彩。那是可以在异地和异种文化中来一次排山倒海的爱恨情伤的情状。然而，再多画面都抵不过素淡的天星钟楼上鸣响的一次钟声，那是人生被敲响的节奏，提醒着你，时光无情地走，感情尽管放低留下，哪怕落满一地惆怅。

当天星码头和钟楼被拆后，紧邻此处的富有殖民地特征的皇后码头随即面临被拆掉的命运。从“天星保育运动”退下来的香港年轻人，以更大的热情开展保卫“皇后”的运动。殖民地时代，皇后码头是香港政府官员及英国皇室成员使用的码头。历任港督上任的传统，是乘坐港督游艇“慕莲夫人号”抵达中环，在皇后码头上岸，并在爱丁堡广场进行阅兵等就职仪式，然后前往香港大会堂宣誓。1975 年英女皇伊丽莎白二世首次访问香港，于启德机场降落后，便是乘

↑↑曾经位于中环爱丁堡广场附近的皇后码头，现在已经拆掉

↑往返于尖沙咀与中环之间的天星渡轮见证了百年香港的变迁

坐“慕莲夫人号”渡过维多利亚港，于皇后码头上岸。另一方面，皇后码头也是昔日香港海泳的终点。

所幸，在 2005 年第一次来港的时候，曾经几次到当时还在的皇后码头，虽然简单，夜晚也不出奇到哪里去，但是确实保有港人曾经的英国文化历史记忆，成为一种可以凭吊的空间。如今，皇后码头移步到新修的中环码头国际金融大厦 IFC 处，政府最后的决定于香港市民来讲，依然褒贬不一。在移除殖民文化和保卫城市历史遗迹之间，争论的声音一直未有停歇。不过正如当初学者龙应台所言：“公民对一个社会的认同与爱，需要建基在历史的认知之上，不尊重历史的地方，难以长出根与认同。”

从“天星保育战”，到“皇后”让位，可以瞥见香港回归后，经济发展带来的文化地理的改变。不过城市经济利益的疯长和历史人文景观的保护之间的矛盾并非只出现在香港这个现代国际大都市里，而是几乎在每一个发展中的大都市上演。

如今，再搭乘天星渡轮过海，从尖沙咀一边往中环去，船已经驶向了另一个方向……

行走 tips / **香港大会堂（Hong Kong City Hall）** / 香港爱丁堡广场 5 号 / http://cityhall.gov.hk/index.php / 在香港大会堂外、爱丁堡广场附近的巴士总站可以搭乘 15C 巴士去到太平山缆车总站。

中环以外，石板街的高跟鞋

2011 年 4 月的一个夜晚，我和 Maggie 在中环地铁站出口等香港的朋友 Joy 和 Wendy，来来去去的港女和港仔填满了中环的夜。这是我从欧洲回来后，再去香港看朋友、休假的经历。尽管头一晚在澳门的宿醉还在脑中作祟，但是香港以一种极大的亲切感减轻了我的头痛症状。2008 年后，有三年未去香港。去欧洲前我还处于 30 岁前的躁动，现在过了 30，父母总说这是男人需要承担、需要计划与稳定的时候，只是我的内心还是无法安稳，依然享受在路上的那些惊喜和悸动。而我无论走到欧洲的哪一座城市，对香港的感情都没有减淡。我在伦敦的时候就时常记起香港的各种美好，包括地铁站的各种颜色，我甚至清晰地记得地铁上播报站名的粤语和英语语调。这种映照在我在伦敦日日搭乘 Piccadilly[1] 地铁线的时候最为明显。想一想，香港有着半个伦敦的影子，自然显示出历史和文化的对照。等待朋友的时候，有日本游客拿了香港旅行书籍问我应该如何抵达中环威灵顿街，我会心一笑——兰桂坊的地段，其实离我常去喝一杯并和朋友聚会的香港苏豪

1 皮卡迪利地铁线，是伦敦一条主要的地铁线路。

↗入夜时候的中环威灵顿街，抬头可以看到镛记和翠华餐厅

↑2007 年圣诞前后，中环，兰桂坊，抬头，城市上空的装点者

区（SOHO）已经不远了，自然快乐地为这位日本友人指引一番。

随后，我们和朋友 Joy 和 Wendy 终于见面，随即就在 SOHO 区域找到一间非常苏格兰的 Pub，各自点上啤酒小酌。酒吧的电视里放着英格兰足球赛，有人在独饮，我们则敞开回忆聊起来。自从 2008 年圣诞，Joy 从我们一起学习的奥斯陆离开返回香港，就只剩我一人在奥斯陆，体味北欧冬季的黑夜和漫天风雪，如今再次聚首，自然有很多话要讲；而这也是我几年后再次来港，内心自然翻腾出很多情绪，它们贯穿了我们的整个谈话。SOHO 的夜晚，是酒吧的夜晚，是世界各地美食的汇聚，亦是可以在街边把酒，看鬼佬和穿着个性的香港青年来来去去的好时段。

时间瞬间回到 2005 年的 4 月，我和 Maggie 第一次去 SOHO，却走了很长一段路：我们从皇后大道中直行至花园

↑石梯中间有一间设计非常有香港本土风格的星巴克咖啡馆，以香港老式的冰室文化为主打

↖都爹利街上著名的花岗石楼梯

道，沿花园道向上步行走到了香港礼宾府，到达下亚厘毕道（Lower Albert Road），又沿着山路往“外国记者协会”走，道路曲折蜿蜒，但是旧时殖民建筑和西洋景色，颇让人有种身在异地的感觉。我还记得，我有一次从皇后大道中，走过雪厂街，走上都爹利街安静的阶梯，看到这条花岗石楼梯上点缀的 4 盏煤气灯。这些煤气灯属全港仅余，历史悠久，已于 1979 年 8 月被政府列为香港法定古迹。据史料记载，都爹利街石阶约建于 1875 年至 1889 年间，其上的 4 盏煤气灯安装年份不详，关于它们的最早记录出现于 1922 年。这几盏煤气灯于 1948 年 2 月 29 日重开，而全港其他煤气街灯已于其后 20 年被电灯所取代。香港政府曾希望把灯柱送往香港历史博物馆，其后决定保存，由煤气公司供应煤气并负责维修。香港市政局曾于 1984 年为这 4 盏煤气灯在英国订造灯纱及灯罩，现在煤气灯由傍晚 6 时至早上 6 时亮灯，由自动开关控制。踏上煤气灯所在的阶梯之后，街道自动过滤掉中

↗爬上石梯，回看都爹利街

↑依然在使用的煤气灯

环的匆忙景观。这一路呈现灵动的西式格调，只要再往前深入，踏上荷里活道（Hollywood Road），就能走进 SOHO 领地。

其实，之前香港没有什么 SOHO 区，也不是因为纽约、伦敦有了 SOHO 区，香港就有了 SOHO 区。这个 SOHO 的由来是因为香港有一个“好莱坞”——中环后面有一条“荷里活道”（Hollywood Road，“荷里活”是“好莱坞”的港译）——而荷里活道以南的士丹顿街、伊利近街以及利街一带就因“South of Hollywood Road”的地理原因取 South 和 Hollywood 的头两个字母，简称为 SOHO 区。这里是从 20 世纪 90 年代开始勃兴的香港“美食联合国”，一家家风味独特的异国餐厅依山而居，有古巴、意大利、尼泊尔、希腊、泰国、中国、法国、墨西哥等地的美食，受到年轻人的追捧。而在早年的电影《重庆森林》中，梁朝伟所扮演的角色的家就在跨越 SOHO 的著名的扶手电梯一边。据说当时这处公寓是摄影师杜可风租住的地方，导演顺道借来拍了片子。我们记

2005 年 6 月，在 SOHO 散步，扶手电梯旁的餐馆酒吧

位于下亚厘毕道的艺穗会是香港艺术界的展示场地，经常有各种精彩的文艺活动

得王菲戴着圆形复古墨镜，在这里搭扶手电梯左右张望的那种懵懂情态。这处扶手电梯也是我第一次来香港时的朝拜地点之一，踏上扶手电梯，看周围的 SOHO 住家区域以及渐行渐远的餐厅酒吧，再次感受到香港特有的地理空间架构艺术——逼仄间，奇思妙想般的安插艺术。我记得我在扶手电梯上，看到一处咖啡室的露台，被开发的露台过滤浮躁，给人一个闲适安然的私人空间，尽管这处电梯的运行从未减速或者停止。

后来有香港的学者撰文，将香港的 SOHO 称为香港的"蒙玛特区"，因为和巴黎的蒙玛特区一样，这里山路蜿蜒，有着上上下下的坡度，文艺滥情，艺术家聚居，画廊颇多，富有异国情怀。我记得我在巴黎的蒙玛特，围着圣心教堂后面的古老建筑游荡，从高处看到巴黎城市的景色时，不断出现的迷人遐思，我想香港的 SOHO 和巴黎蒙玛特共有一份和电影相关的情结吧。

行走 tips / **中环至半山扶手电梯系统** / 搭乘地铁到中环站 / 扶手电梯系统途经多个景点，包括充满欧陆风情、酒吧与餐厅林立的苏豪区，有百年历史、被政府列为香港法定古迹的中区警署，还有前港督彭定康喜爱的著名传统饼店泰昌饼家等，吸引了不少中外游客参观。

↗荷里活道中环部分的旧中区警署，或称香港警察总部，现在已经搬迁

↑此处，在香港被英人占领后，被称为「维多利亚城」，建有最早的英人法庭、警局和监狱

其实，在这一带还未成为城市新聚点之前，在 SOHO 还未成为今日之 SOHO 前，这里已经入镜多次，成为香港电影导演的拍片佳处。《美少年之恋》中，杨凡导演塑造的一种伤逝情怀就与 SOHO 有关。电影还以荷里活道上的旧中区警署为一个结点，吴彦祖扮演的俊美警员就在此处办公。那一夜，冯德伦扮演的角色走上 SOHO 蜿蜒细窄的路，在夜色中等待和吴彦祖的约会，二人邂逅的画廊就在这里。《美少年之恋》里，美好的故事和这一带的风物交缠，SOHO 区有一种爱恋的慵懒。我 2005 年在这里散步时，恍惚认出电影里的场景，舒淇和吴彦祖扮演的角色在戏中看小货品的店子还在那里，风雨不改。恋人絮语犹在耳旁，虽繁花故衣早无，但新旧影像，仍照出半边灰凉。

话说，在荷里活道中环部分的旧中区警署一直都是我的 SOHO 地标，无论是 2005 年，还是多年欧游回来后，每一次都要在这里驻足。我记得 2011 年 9 月的一个夜晚，和另外一个朋友 Amber 坐在酒吧里，面对着警署喝酒，看来来去

↑雨后的石板街

↑↑石板街的本名叫作「砵典乍街」

去的行人，听鬼佬男女的讪笑。旧中区警署旧称中央警署，曾是香港警察总部及中区警区的警署。旧中区警署在 1864 年落成，是一座三层高的古典式建筑；1919 年进行过扩建。2005 年 10 月，中区警署正式迁至金钟军器厂街新址。此后，这里被列为香港法定古迹。我固执认为，《美少年之恋》中，杨凡即是安排吴彦祖扮演的角色日日在这个“英国警局”返工的。

从荷里活道中环部分的旧中区警署往下走，就踏上著名的石板街。其实这条石板街叫作砵典乍街，得名于香港殖民地时代的第一任总督砵典乍爵士（Sir Henry Pottinger）。石板被刻意砌得一块稍高，一块稍低，其实有防滑作用，以免下雨时因路面湿滑造成危险。后来中区填海，砵典乍街延伸到干诺道中，那一段被修建为石阶，但人们仍称之为石板街。香港人热爱这条磕磕碰碰，但不影响一上一下的怀旧街道，

这条石板街，一直老旧着，多么有电影感啊！

波記 玻璃相架畫架
Por kee Glass & Frames
Start from zero

热爱脚下升腾出的香港历史感。2007年底，我在这条石板街上遇到在拍摄广告的摄影团队，心想，许多香港电影、电视和音乐录像带，如刘德华、郑秀文的《龙凤斗》、《无间道》等都特意到此取景，足见这条石板街的魅力。在历史和现代之间散发出游走的怀想气息，是香港这座城市的可爱之处。现代城市的飞速运转之外，总有历史怀想的可能。

2011年9月，和Amber小姐在上环老街散步，夜色如水

石板街对于我来说，除了是这些偶尔在散步时出现的情思，就是探访周围的酒吧买醉、纵情的销魂夜晚。早年的PP disco[2]人气旺盛，现在则可以走到更远处，去ZOO[3]。林忆莲的老式舞曲是ZOO的主调，室内容不下所有人，大家就站在街道上把酒聊天。我们有时候是城市里的欲望动物，只靠眼神交流，刹那玩出火花，成为烈火中的干柴。玩累，又可以折返石板街，从这里往下走，去兰桂坊附近的"翠华"吃宵夜。那里的南国饮食，混合着粤式和南亚风格，给人一种饱醉酣然之感。

2011年9月，我去香港看林忆莲的演唱会，有一晚和打扮时髦的Amber小姐一起走过入夜后骚动的石板街。那晚Amber小姐着一双高跟鞋，可以想象她是如何在石板街上蹒跚走过。一路上，撞到一样着细高跟鞋的鬼佬妹，大家仿若心心相惜，各自绽放。香港深夜的风，微醉，包围石板街上

2 一家迪斯科风格的酒吧。

3 酒吧名，中文翻译成"动物园"。

的互相打量，包围欲言又止的情欲宣言。这一地的闲情逸致，真是适合拍摄电影——我们是否都希望成为戏中人？

在杨凡的电影《桃色》里，那种水盈盈的香港的夜，和我们在石板街遭遇的夜同质；电影里的章小蕙，亦着高跟鞋（戏里的鞋履据说都出自她自己收藏的 Christian Louboutin[4]）。石板街给人的印象，似乎和这些女人的高跟鞋相连，让回忆和情欲显得异常香艳和撩拨人心。

行走 tips / **石板街** / 荷里活道至干诺道中环段，从地铁中环站 D2 出口出，右转直走十多分钟即至 / 石板街与兰桂坊相距不过 10 分钟距离，两个地方一动一静，一时尚一怀旧，截然不同。

行走 tips / **翠华餐厅** / 中环威灵顿街 15-19 号地下 2 楼。

如果你是艺术爱好者，SOHO 的大小画廊应该成为你游玩的目的地。Alazizi 画廊位于中环荷里活道利来商业大厦的 13 楼。选择它是因为这处小巧可爱的画廊复原了很多成人的童年梦，仿若是连接男孩与男人之间的一处桥梁。虽然是画廊，但是 Alazizi 经常举办一些关于怀旧儿童漫画的 workshop（专题研讨会），还售卖限量版的世界儿童图书、画册。出自香港本地设计师之手的儿童玩偶也是 Alazizi 的独家奉献，这些公仔玩偶透露了很多童趣和天真，是成人们把玩和回味童年烂漫时光的伴侣。最近 Alazizi 里就展示了 Alazizi x doubleparlour 系列的公仔玩偶，这系列以香港街头的青年男女为创作原型。我喜欢 Alazizi 里存放的从世界各地淘回的 vintage（怀旧）儿童漫画、图书，它是收藏这些作品的人士的一处宝地。画廊里悬挂着很多来自香港本地画家的儿童画作，让人目不暇接。我从 Alazizi 的玻璃窗往外看，外面是 SOHO 和错杂分布的中环老街，画室内则一直播放着法国民

4　Christian Louboutin（克里斯提·鲁布托），同名法国高跟鞋设计师创立的著名高跟鞋品牌，红底鞋是其招牌标识。

谣，情调自然酝酿，童年虽成往事，却不妨碍内心永存的这份烂漫情思。

来来去去的中环行走，退去的整饬和严谨，我心的"落脚点"却往往是和现实中的相异，情感陷落在故去，不是一个积极的信号。只求在和历史、旧物的对话里，成全一个内心强大的自我，过艺术化的生活，做形而上的游走。在这些自行排列的文字幛、城市地理帷幕中，我亦看到这么些年来一个城市的改变，如我已经从当年的男孩，成为一个男人，改变应该还在继续……

行走 tips / **Alazizi 画廊** / 中环荷里活道 57~59 号，利来商业大厦（Lee Roy Commercial Building）13 楼。

àlazizi

Chapter 4 湾仔，文艺新领地 哄睡美丽旧年华

洪聖古廟

湾仔，大约就是香港人的一厢旧梦。在这一厢旧梦中，沉杂着不断被重叠、建设、拆毁、翻新的记忆。记忆一层叠一层，形成一个螺旋上升气场，诚如湾仔的历史地图上，那不断向前延伸的海岸线。1841 年，英人侵占香港时，湾仔临海的部分是今日皇后大道东大王东西街洪圣庙附近一带。在此以前，这一区域就有人居住。未填海前，湾仔的海岸线亦在洪圣庙附近，那块海域是当时居民捕鱼的主要地方。你现在步行从湾仔繁华的区域往静谧的湾仔"山上"走，到了洪圣庙，会惊觉历史造化——身后的繁华湾仔竟然是经过百年不断填海而成的新领地，此处老旧的湾仔才是真正的原始区域。

湾仔，原意就是"小海湾"的意思。一个"仔"字，道出当年居住在此的人们对它的爱意。它是大海诞下的一个孩童，还在襁褓之中，便已开始经历沧海桑田。就如整个香港，当年被从娘亲的怀抱里一下子抛了出来，被人领养了去，还要自食其力，锻炼出自我成长的坚毅不屈。

湾仔，在我看来，在香港人心中大约是存活着新旧两个世界的聚合体：第一个世界是历史尽头延展出来的缩影世界。那是从英人占领香港开始挖掘和建设的湾仔世界，中西结合，又邻近海港，自然造就了一种殖民地风情。那些已经斑驳老去的城市街道和拥挤破烂的湾仔城市印记，虽已被政府一一剖解、重建、修复，但仍是一个旧世界的魂魄，是幽游在此的幽灵，随时可以把现实中的你们拉回到古旧历史的尽头，亦可以如港产鬼片，暗夜里从历史深处伸出手来，抓扯着过去，让人头皮发麻，禁不住打一个寒战。这个世界是很 haunting 的（如幽灵般缠绕的）——但是这样说湾仔是不对的，我明了，这是作家的创作臆断癖好在作祟。所以，第二个世界才是一个更加现实的湾仔，一个被不断建设和打磨的，集合了商业、住家、设计区域的，活色生香又有着旺盛生活气息的湾仔。这是一个鲜活的湾仔，与我们的吃喝拉撒睡相关。这是另外一个世界——被

填海工程充盈了的新湾仔。

从历史上看，早期湾仔最繁盛的地区是皇后大道东一带。湾仔海岸线历年不停地随着填海外移。1841 年建筑皇后大道前，海岸约在大道东附近。建造大道东时倒进海中的沙土成了新的土地，新的海岸被称为海旁东，即今日的庄士敦道——这是香港最早的填海工程之一。到了 1902 年制造香港电车时，电车路即设在海旁东。1922 年开始的大规模湾仔填海工程，历时九年，将海岸线推至告士打道一带，并建造了轩尼诗道、骆克道等街道。现湾仔道与轩尼诗道之间，集成中心旁边的小公园的阶梯上有一金线，即为填海前的海岸线。1965 年至 1972 年，另一大型填海工程则把海岸推至今日的会议道、湾仔码头一带。最近的一次填海工程开始于 1994 年 4 月，目的是兴建会展中心二期。三年后，中英政权交接仪式即在此举办，金紫荆广场、香港会展新翼以灯光璀璨的模样见证了香港新时代的到来。湾仔就在这般新地理、新历史的建筑间被扩展，被推向前，被打磨成一个浓缩百年香港发展历程的世界。

行走 tips / **洪圣庙** / 皇后大道东、大王东街交界处。洪圣庙建于 1841 年开埠以前，如果想缅怀湾仔最古老的历史，一定要步行到洪圣庙一带。洪圣庙现在就是一座非常袖珍的临街庙宇。

文艺时光，泛黄抽离的蛛丝马迹

好像我喜爱的很多与香港有关的人物、电影、小说、文艺旨趣都和湾仔有联系：比如有一日我给香港的舞台剧导演林奕华邮寄我的新书，意外发现他的剧社办公室就在湾仔的庄士敦道；又比如马家辉的童年时光就在湾仔度过，目睹香港的古惑仔在湾仔街头游闯江湖；我喜爱的香港作家陈宁，无论在巴黎、伦敦，还是纽约，回到香港总不忘湾仔，她在《太原街的声与色》里写住家附近的太原街，文章开篇的“乡愁的街”、“我已经习惯了在这样的声音里醒来”描述了太原街上叫卖蔬菜或者杂货的男人声音。张爱玲说她是枕着上海的电车声响入睡的，当城市风物已经内化为自我生活习惯的一个惯性回响，说明这座城市或者这个区域和自我内心的合拍呼应。自然湾仔也是一个原生态且让人忠于内心的地段。陈宁在书里写道，在太原街，顾客永远是对的，没有人会怀疑摊主们的诚意，“靓女！靓仔”的呼唤，自然直率真诚。陈宁最新小说的名字亦取自湾仔的交加街——《交加街 38 号》。小说里，现代城市男女的情感絮语、散落的情绪、遗失的时光，如被捡拾起来的吉光片羽，借湾仔这个空间复原。此时，湾仔都不重要了，重要的是时间，是回忆，是异域城邦里那一些细琐迷离的情感，是等待被填满的空荡，是独自开门，关门，上剧院，去买巴黎的牛角包的身影。陈宁的书，有一个如此湾仔的名字，但是文字里外像是藏着巴黎咖啡馆里的自我研习时刻，让人想起侯麦镜头里的语句与情态。

故此，我觉得湾仔，在香港的地理空间里显得非常独立，是可以被拉扯出来剖检分析的怀旧狂热分子的温床。它

位于庄士敦道上的改建一新的和昌大押外观

如 TVB 侦探题材电视剧集里的案情，等待重案组警察在一些泛黄古物间找寻蛛丝马迹。从这个角度，湾仔又成为一种情绪，可以被渲染。王家卫的《2046》里，由梁朝伟扮演的周慕云有这样一段独白："我在 1966 年底回到香港，不久因为船价加价，九龙发生骚动。我不知道自己会停留多久，我在湾仔一间公寓长租了一个房间，为不同的报纸写专栏，那时候的稿费是 1000 个字 10 块钱。开始的那段日子，生活很艰难。后来我终于想通了，为了生活，我决定什么都写。"王家卫光影里的蜚短流长，如潮水一般浸染了 60 年代的香港。王家卫在 20 世纪 90 年代的最后一年开始做《2046》，时代翻转的一个当口，湾仔以这样的口吻被回味了。回溯到 60 年代，世界在动荡，历史以非常规的方式前进，肯尼迪遇刺身亡，法国发生学生运动，王家卫这一埋首历史故纸堆的非常顽固的人，又借周慕云之口说："不久，因为工厂劳资纠纷，香港全面宵禁。满街都是土制炸弹，那时候人心惶惶，市面萧条。我开始不出去应酬，有人说我修身养性，其实，我是在写一个故事。这个故事叫作《2046》。"王家卫花了五年时间在当下，编织一个过去的人物谱系，又写作一个未来的故事——现在、过去和未来，恰恰是湾仔城市发展中的时间维度代名词。

湾仔连接现在和过去，打通未来，鲜明的例子就是香港

The Pawn 二楼的酒吧区域，很英国

政府在湾仔实施的“古迹活化项目”。庄士敦道上的“和昌大押”（Wo Cheong Pawn shop）是逃过被拆掉的命运后，又被活化的古物。和昌大押是香港“唐楼”的代表楼宇，位于湾仔庄士敦道 60~66 号，是现时留存的少数四幢相连阳台长廊式楼宇之一，完整呈现了“唐楼”的风格。这四幢楼宇，楼高 4 层，建于 1888 年至 1900 年，是当年在填海的基础上修建所得。在湾仔的拆迁过程中，和昌大押幸免于难，市区重建局于 2007 年耗资逾 1500 万港元完成其翻新工程，将一层改成售卖传统食品和古玩的店铺，楼上三层则改装成英式酒吧及餐厅“The Pawn”。

“唐楼”是中华文化的一部分，在中国南方非常多见。这种建筑兴盛于20世纪初，吸收了西方殖民建筑的一些风格，将其嫁接在华人习惯居住的建筑上，形成了一种独特的南中国建筑样式。因为过去这类中式楼宇多数由华人居住，故在香港常被称为“唐楼”。

和昌大押以木质结构为基础，墙由砖砌成，地板由木铺成，是当时盛行的商业楼宇形式，楼底高，设有采光井，通往阳台处装有法式大窗，面向庄士敦道处设有阳台长廊。当时，楼宇没有厕所设施，需由专人收集排泄物，底层用作家庭式商铺，楼上为住宅。和昌大押曾于1948年翻新，并且使用至今。

经过复原和重新打造的和昌大押以历史古迹的身份拥

坐在 The Pawn 酒吧的露台上，可以看到湾仔电车道的街景

有了异域新貌，这一新貌集中体现在“The Pawn”酒吧餐厅上。人们走入“The Pawn”之前，会通过一段印有“Since 1888”字样的狭小梯廊，它让每一位进入者感受到和昌大押自身带有的盎然古意和久远的时间意味。“The Pawn”酒吧餐厅合理利用了和昌大押楼上三层的空间，并根据不同的需要划分出层次分明的喝酒、用餐、休闲区域：二楼是一个放松空间，下班放工后可以在此汇聚喝酒，在此食用简餐也是不错的选择。其室内装修风格带有后工业特点，里面的古董桌椅和沙发分外引人注意，而摆放在室内的足球桌台则一下子带给我们仿若英国酒吧的强烈感觉。整体的装潢概念出自香港知名艺术家黄炳培之手，在旧时味道的基础上融合了很多现代艺术的装饰概念。三楼则是较为正式的用餐区域，适合晚餐，这层餐厅常年由英国的主厨打理，提供非常正统的英国菜式，食材新鲜，是回忆英国风情和殖民时代文化的一个绝好去处。四楼的天台，也是一个 roof garden（天顶花园），春秋时光可以在此打发。在这个屋顶坐坐，可以看到湾仔样貌，放眼望去是修顿球场，还能看到电车道的街景，听到楼下城市的声响。湾仔的人声与景致唾手可得，又离自己心灵如此近。夜晚，你自然可以点上一支鸡尾酒，在露台天顶的四楼，看整个湾仔，在微醺中

等待旧日时光再现，陷入一种喃喃自语的销魂状态……

此刻，我又想到周慕云那些像是在时空里的回响的呓语：“每个去‘2046’的人都只有一个目的，就是找回失去的记忆。因为在‘2046’，一切都不会改变。没有人知道这是不是真的，因为去过的人，没有一个回来过……”

行走 tips / **和昌大押和 The Pawn 酒吧餐厅** / 湾仔庄士敦道62号 / www.thepawn.com.hk

庶民的湾仔，利东街的生老病死

庶民的湾仔可以以太原街为例——拥挤的摊铺、吆喝的市场，以及那种只能在华人居住区域中感受到的生活热度，在太原街都可以找到。其实，在湾仔，克街等街道仍然有典型的二战前旧楼；而太原街、交加街、湾仔道一带仍然有传统的香港街市。太原街一条不长的街道，隐藏着南腔北调的交易，但都是小型交易，有点内地地摊的性质。这里是真正属于小市民的快乐区域，有价钱不高的日常生活用品，有讨价还价的乐趣，无电子买单、大型超市收银台前的冷眼默然。这里是鲜活的，是非常香港的，是一个原生态的香港存在。它复原了一种华人文化中的联系，这种联系我在纽约的唐人街见过，在伦敦的中国城见过。在伦敦的中国城时，回想起湾仔的庶民景观，人声鼎沸之中，顿觉这种喧闹抵消了在异邦城池里的内心孤寂。大约这就是一种乡愁式的吵闹吧，日常琐事、流言蜚语、穿堂风构成了一个闹哄哄的本真世界。走过太原街，仿佛是走过了一个精彩的有着市井故事的流动电影剧场，主角就是这些吵闹的、讨价还价的你们以及店主们。

The Pawn 酒吧和餐厅提供的特色酒水和食物

2006 年，香港政府以湾仔旧区重建完成后会增加交通负荷为由，欲开放太原街给汽车行驶，并且计划将太原街市集的商户迁往尚翘峰内的新湾仔街市（室内街市）。消息一出，引来市民及商户反对，但是自从香港政府开始了湾仔的旧城改造计划以来，太原街的吆喝声、交谈声就混合了拆迁机的轰鸣、搬迁的哀怨和愤怒声讨的声音。难怪陈宁在她那篇《太原街的声与色》中会写道："加入了刺耳的拆楼声、起楼声，像接力似的一桩接一桩轰轰响，这场街头声乐会就慢慢走了音，离了谱。"

拆掉太原街等于活生生抽掉 20 世纪七八十年代生人的童年甜蜜记忆，因为这条太原街也被称为"玩具街"。从 20 世纪 90 年代开始，太原街上就开设了几间玩具店，除售卖传统玩具外，亦销售具收藏价值的玩具：例如超合金等在 80 年代流行的玩具，及曾引起换购热潮的史努比（Snoopy）

和 Hello Kitty[1] 等玩具。这些玩具在当时，风靡玩家群，成为一代人童年、青年的美好回忆。太原街似乎是一个非常特殊的纽带，以其热闹非凡的华人生意场所、世界各地的玩具，为当年的香港儿童和青年带来一种认识世界的视野。如果没有太原街，湾仔则少了一种神采，正如天真的孩童丢失了自己心爱的玩具，抑或是找不到主调的交响乐，会成为乱章败笔……

与太原街不同，利东街现在已经消失。在被列入政府重建计划前，利东街是一处让人可以直观体味 20 世纪五六十年代香港街景的地段。利东街又被称为"喜帖街"或"印刷街"，是香港本地喜帖印刷的集中区域，办婚嫁宴席前，港人喜欢来这里印刷喜帖。利东街的建筑，除面向庄士敦道及皇后大道东的数栋为高楼外，全为建于 20 世纪五六十年代的唐楼，整齐划一，而且天台相通。整条街道除了盛产喜帖，还有各种印刷店可供选择，为很多香港人采购印刷品的首选之地。

城市的发展空间总是逼仄，从 2004 年开始到 2006 年，利东街前前后后经历几大重建方案的侵扰，中间甚至有利东街居民向城市规划委员会递交的一个重建方案，但城市规划委员会以该方案不够专业为理由，拒绝考虑这个方案。最后"喜帖街"终于还是闭门歇业，预示了湾仔城市旧时风貌的再度丢失。当年在拆迁湾仔旧区的时候，香港词作人黄伟文写了一首《喜帖街》，被港女平民歌后谢安琪唱来，一派"张腔"。歌词云："就似这一区，曾经称得上美满甲天下，但霎眼，全街的单位，快要住满乌鸦。"美丽旧年华没有挽留住时空，

1　日本著名的卡通人物玩偶。

记忆的城池轰然倒下，曾经温馨的光景不过是借出，现在是到期拿回吗？湾仔旧区埋葬了很多港人纯粹的过往记忆。

四月芬名，湾仔新来的通透夜晚

2011年，从欧洲回来，4月再去香港，湾仔已给人一种修葺一新的感觉，此前的破旧仿佛都被甩掉，新湾仔带点轻松和时髦的样子。那一次我住在湾仔菲林明道的设计boutique[2]酒店：芬名酒店（Fleming Hotel）。从我在芬名酒店入住五日的感受来看，这个酒店大约就是新湾仔的一个缩影：干净、整洁、方便，又有一些贴心的设计情怀在里面，依然遵循和国际接轨的管理模式和港人多年养成的做事方式。有着灰色外墙的芬名酒店其实不大，房间也不多，但是走入简洁的酒店接待大厅后，放置在大厅一边的设计、摄影、时装册子和书籍，以及大厅内播放的trip-hop[3]和lounge[4]音乐让我明白自己正置身在一处时髦而有想法的酒店中。过滤掉千篇一律和提供良好服务，是芬名酒店给我的第一印象。

开始三日我和朋友Maggie合住家庭式的房间，房间相当宽敞，设施很有细节感，有厨房、微波炉，餐具样样齐备且经过挑选，写字台上放了很多杂志，展示出细密的节奏感。想想，还真是可以在这里长住下来，在夜晚伏在写字台上写一部小说或者随感。后来我一个人住一间单人房，房间桌上

2　类似于时装屋，为设计店铺类型的酒店。

3　trip-hop是欧洲跳舞音乐的一种，它的名字来源是："trip＋hip -hop＝trip-hop"，因为它发源自英国的Bristol，因此最早时称作"Bristol hip-hop"。

4　懒洋洋的、舒心散漫的、让人静下来的一种音乐。

摆放的杂志里有我喜欢的《Wallpaper》[5]和《Monocle》[6]。芬名酒店分为“His Space”（他空间）和“Her Space”（她空间）两个区域，男性和女性客人分别置于不同的楼层，给人一丝神秘的感觉。

芬名酒店的“Her Space”，其实为全港首创，男人到此请止步。酒店把一层楼布置成专为女性享有的房间，其设计的风格非常女性化，采用了一些粉色的家具、布艺，甚至为女性客人添置了化妆箱、珠宝盒和蒸面机等贴心之物，迷你吧也专为女性量身定造，吧内除了咖啡，还准备有一系列花茶及健康小食。“Her Space”的客房全部以鲜花布置，宾客亦可在房中点燃赠送的香熏油舒缓神经。相较于女性客人的房间，芬名的“His Space”则显得商务许多，内有室内小型高尔夫球练习器具；而男士行政套房里，除了大床和舒适

5 《Wallpaper》杂志创刊于 1996 年的英国，是权威性的现代设计类杂志，内容包含建筑、现代设计、时尚、旅行、食物等话题。

6 《Monocle》杂志创办于 2007 年 2 月的伦敦，内容涵盖全球商业、文化、设计的诸多领域，以丰富精彩的文章和摄影作品报道新兴品牌、大众文化新力量和设计领域激动人心的新概念的相关动态。

在星街和日街中，镶嵌着很多独立时装店铺，很有风格

的办公桌外，还备有 Playstation 3、X360 和 Wii 等游戏机，可以让客人工作和娱乐两不误。

住在芬名，酒店的服务员都彬彬有礼，讲台湾国语，见面都微笑。芬名酒店提供给我一种生活的情趣，即便是在一楼大堂里坐一会儿，等朋友来晚饭，听一听类似时装骚上的音乐，也是惬意和自我的。傍晚，总有鬼佬在这里喝 happy hour 酒。

清晨，我在芬名的小餐厅吃早餐，看英文报，间隙看窗外匆忙行走的香港人。湾仔逐渐清醒，菲林明道上走过一些上班族的身影，但一切又是忙里带着规则的，邻桌的英国女人讲着这一天的计划，那种特别突出的英国口音，听起来熟悉又亲切。

我每年去香港，都会选择在 4 月，因为在这个时期，香港不会太过炎热。4 月是香港的仲春，一切事物都在形成，成熟。以前做电影记者，每逢三四月都要采访香港的电影节、金像奖，4 月的香港总是有一些微雨。

日月星辰，文艺创意的新区域

在去往星街的路上，发现了 Kate Moss

去湾仔的星街（Star Street）是一个意外，只因当时要为朋友在 Monocle 店铺买一本他要的《Monocle》杂志。这本我也热爱的来自伦敦的设计生活类杂志，在伦敦、洛杉矶、纽约、东京开了小型店铺后，把一个

店放到了香港湾仔的星街。我开始以为，香港人也如此浪漫，或者偷懒，拿了“日、月、星”几个字给几条小街道命名，太过简单，有点童话性质。但是这三条街道的名字的由来，是因为附近地域于20世纪初曾是早期为香港电灯供电的湾仔发电厂的所在地。当时便取了《三字经》中的“三光者，日月星”，来命名发电厂附近的街道。

我在星街闲逛，竟然爱上了这里。要找到星街也不难，找到洪圣庙，再往后面上山的街道走，就可看到隐藏着的日街、星街、月街了。

当日，我并未先找到星街里的Monocle店铺，而是先看到了星街一旁的agnès b[7]画廊（agnès b' s LIBRAIRIE GALERIE），里面正好在做一个展览，中午前，只有我一个类似游客的观众。画廊和展览区域在二楼，依然是agnès b（阿尼亚斯贝）一贯的味道、气韵。白色简洁装饰风格的二楼展场，安静，有一些海报和书籍纪念品。这是法国品牌agnès b在巴黎之外唯一一个艺术画廊，以展示纯粹艺术创作为己任。

后来，我从agnès b画廊出来，在星街找了好几次Monocle店铺，未果，最后索性问了一位正在收拾时装小店的女子。这个时装店，仔细看货品，带有一些北欧时装风格。我用英文问女店主，她则用英文答我，还带我到了Monocle

7　agnès b，法国时装品牌，第一家专卖店开设于1975年，至今在世界各地已有超过200间分店，旗下有男装、女装、手袋及配饰、银饰、童装、休闲服饰等多个系列，每一个系列均贯彻着设计师含蓄、低调、细腻的风格，将源自于生活的艺术融入服饰。它呈献的不仅仅是一个时装王国，更是一种生活方式。

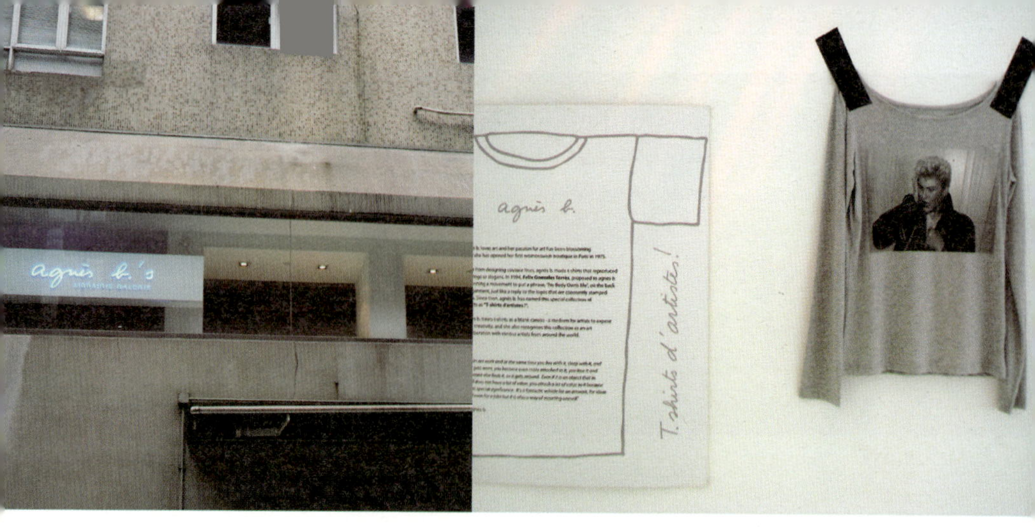

↑agnès b 画廊内部

↖几年前，谁能想象，在永丰街不算新的楼层中会开这家 agnès b 画廊

店前。进了 Monocle 店，有一个店员，里面是两个鬼佬在对着电脑工作。我告诉店员需要找的杂志，店员为我去找，但那一期杂志卖光了，他要我留下地址，说可以邮寄给我，我说我在 Monocle 网上订吧。这种交谈是简单、礼貌的，是我喜欢的方式。

此刻，我又想到 2010 年夏天，在伦敦找同样低调的 Monocle 店铺，亦是要从繁华喧闹的牛津街，走入背后几条大街，一直走到那条叫作乔治街的街道上才会找到；而且所有的 Monocle 店铺都是小巧的店面，不仔细找，绝对会错过。那日在伦敦，最后被我找到的 Monocle 店铺挨着一家教堂，周围亦有人居住，一个英国女人独自看店，笑容腼腆，有种干净、孤清的样子。到了湾仔，这家星街的 Monocle 和伦敦的那家一样，透露着谨慎的退让感，不喧宾夺主，顾自内敛着。

我独自寻思，缘何 Monocle 要把香港的店开在湾仔的星街——大约是因为星街在这几年成为一个汇聚设计类店铺、有格调的设计师的新兴地区，也因为在此的 agnès b 艺术画廊长期展示艺术创作，带动整条街开设欧洲风味的咖啡馆、小型设计时装店。星街的艺术设计氛围日益浓厚，吸引很多香港文化人士、艺术人士到此开设工作室。同时，这条星街和日街的区域都非常小巧，不会成为一种势众的浮华地段。

↗ Kapok 门口仅有的一张咖啡桌和两张咖啡椅

我觉得星街和日街能保持着这种清丽就好，在湾仔拆建前行的当下，自我修炼，把喧嚣和浮躁都抵挡到山下的新湾仔区域，守着自我的一点坚持和美好很是难得。总有保留地给人心灵的抚慰和宁静致远的审美享受，亦是香港的可贵之处。有灵魂、有想法的人一直都在聚合，让这座城市可以拥有更多期许，保持变化的感觉。

行走 tips / **agnès b 画廊、艺术展览室**（agnès b's LIBRAIRIE GALERIE）/ 湾仔永丰街 18 号，星街和永丰街交界处。

行走 tips / **Monocle** / 湾仔星街，宝丰大厦一楼（1 U/G, Bo Fung Mansion）。

从 Monocle 店往里面的街道走，很快就来到日街（Sun Street）。我来到售卖设计品的店铺 Kapok，那日下午，我约了作家陈宁在 Kapok 店外见面。店外只有一张咖啡桌、两张咖啡椅，仿佛专为我们二人的谈话而准备。下了一阵雨，从 Kapok 这个角度看湾仔，高楼背后有着起伏绵延的浪情之味，转而到了日街，又变得文艺小众，有着西式情怀。整个下午，我和陈宁就坐在 Kapok 室外的咖啡桌前，聊湾仔、巴黎、伦敦、纽约，聊陈宁笔下的“日常美学”——把审美和对细节的追求纳入我们日常生活之中，我觉得日街、星街都是这种“日常美学”的实践区域。我记得陈宁说的：“我们都是从自我文化中被连根拔起过的人了，再回到自己的文化中，觉得格格不入，在所难免。”

Kapok 的店主 Arnault 是法国人，1996 年定居香港。

Kapok 室内依然有一个小型的咖啡馆，可以坐下来聊天、看衫

这家位于日街上的 Kapok 其实并不大

Kapok 在日街的这家店展示了一种主人对于生活的热爱，精致和设计独特的生活用品，被以现代杂货陈列的方式展示出来，虽然店面小巧，但是产品丰富，带有很多欧洲感觉，我觉得还相当的北欧。

Kapok 早在 2006 年就开店了，店主 Arnault 说她坚持出售不曾在香港出现过的产品，不需要大品牌，更钟爱小设计团队及独立设计师的作品。2008 年 Kapok 搬到湾仔，现在已经在相距不到 5 分钟的街上拥有两个店面。在圣弗士台的那家比较小，名为 Kapok fashion，主营服饰、包包、手表等货品； 虽然只有 30 多平方米，却集合了来自瑞典、美国、法国及中国香港本地的设计品牌，大多是 Kapok 独家代理，如 Marias、Bleu de Paname x Pyrenex、Mascha、Carga 等。

转一个弯到日街，这一家店名为 Kapok lifestyle+café，产品种类相对丰富，除了个人服饰还有家品和日用品；100 多平方米的空间内还专门辟出了一个 20 平方米的咖啡厅，连上一个小阁楼，让顾客在买东西之余可以饮咖啡。

行走 tips / **Kapok** / 圣佛兰士街 5 号；湾仔日街 3 号。

不知不觉，和陈宁在 Kapok 消磨掉整个下午。之后我们又步行从星街走入永丰街，来到香港独立设计师开设的时装店 Daydream Nation（白日梦王国）。“Daydream Nation” 是 1988 年美国独立乐团 Sonic Youth（音速青年）的一张专辑的名称，其音乐是实验，是另类摇滚，是非主流……故此，我们都是 daydreamer（做白日梦的人），做着追索艺术的白日梦，毫不惧怕城市青光对我们的磨损。Daydream Nation 店面不大，但是陈列着设计师自己的各种服装作品，有拼贴的，有结构夸张的，亦有文艺小清新的。难怪店主要把这个铺子叫

由英国设计师 Anthony Hall 在香港创立的男装品牌 Hall，这是 2012 年春夏系列的明信片

作 Daydream Nation，大胆造梦，追忆时光里的自我，让丰富而强大的内心被艺术肌理和创造欲望填满。白日梦是一厢好梦，好梦虽然难圆，却不损害心绪中的波澜翻滚，恰似难以抗拒的初夜探游……

Daydream Nation 是由姐弟两人——黄琪和黄靖——于 2006 年创立的故事性时装品牌，两人分别毕业于英国皇家艺术学院布料系和伦敦中央圣马丁设计学院舞台设计专业。这间在星街和永丰街上（星街中段和永丰街相交）的店铺分为两层，下层售卖二人设计的衣服首饰，上层则是工作坊和展览的创意空间。和负责 Daydream Nation 店的市场宣传的 Kala 聊天得知，这间店铺的合约即将到期，Daydream Nation 将另外寻觅新址。那一刻，我从 Daydream Nation 里望到对面的咖啡室，户外是男女热切聊天的场景、被过滤的声响，店内是来自天马行空的想象和缜密严谨的构思的设计服饰，惊觉店外和店内，是互相衬托，也是互相扶持的。由此，我认定湾仔的星街、日街所散发出来的文艺内涵，是充满暖意的……

Daydream Nation 的二楼是一个展览区域，室内装修非常简洁

行走 tips / **Daydream Nation** / 湾仔星街、永丰街 21 号。

Daydream Nation 店内的作品有点北欧的风格

有一晚，是喝了一些酒，从菲林明道上走出来，竟然走入深夜的湾仔“红灯区”。这条街应该是卢押道，有着东南亚调情风格，街上的异国酒吧，吸引鬼佬买醉。湾仔这个地方，因为靠近海，被海风吹拂的都是风情。每当有外国军舰访港，上址一带更吸引各国娼妓流连街上，有如电影《苏丝黄的世界》里的情节一样。华洋杂处的地域，烟波浩渺的历史断面，让内心翻腾出一些共鸣和回响。湾仔，在我心里，一直就这般迷人。

和昌大押和 The Pawn 酒吧餐厅图片由 CatchOn & Company Limited 睿创传讯公司提供，感谢公关谢颖琳小姐和 Angela Wong 小姐。

Chapter 5

铜锣湾，物欲狂欢和情意绵绵

shama
serviced apartments
www.shama.com
Be anything but obvious
AD
HERE

铜锣湾是物质欲望的彻底狂欢，是不同于尖沙咀的另外一种存在。这里像是具有巨大磁力一般吸引所有到港访客到此购物，即便是身在香港的明星，如若要选一处方便的购物场地，第一反应肯定是铜锣湾。为什么？因为没有哪里比这里提供的商品更全面了：大到世界一线的奢侈品牌、日资百货，小到港产小众产品、服装、电器、化妆品，分门别类，满足你从头到脚的每一层物质欲望；且店铺集中，让你可以一次买个痛快。据说，铜锣湾的租金排名全世界第二，仅次于纽约的第五大道。如果说香港是购物的天堂，铜锣湾就是这个“天堂”的最核心所在，从踏上铜锣湾的那一刻起，物欲和购买欲就会以几何级的方式增长。

铜锣湾也是香港真正的“不夜城”：开到凌晨的食肆混合了中西美食，高档西式餐馆以及改良的中国风餐厅填塞在高楼大厦和不同的百货购物广场中，让人的味蕾可以随时得到满足；娱乐场所中的戏院能提供午夜场电影，加上香港的片源丰富，看午夜场电影，能消除孤单黑夜里的精神空虚。我认为，午夜场电影的流行，说明了一座城市的繁华以及一种无法消停的姿态——如果不是每日加班到深夜，抑或是逛街的选择面太大，也并非要等到深夜才有时间看电影，谈恋爱。铜锣湾的午夜场电影，是自有一份浪漫在里面的。走出戏院，铜锣湾的灯光依然敞亮，港式茶餐厅和甜品屋的食客依然热闹非凡。这个城市一下子就把你拉回到现实的所在里面，并且用扎实的现实把你包围，午夜场电影瞬间成为宵夜的一种谈资。香港漫夜里的温吞、八卦、味道、诱惑都可以在铜锣湾一一感知到。所以，对于我来讲，要购物，要食饭，只需要去铜锣湾就足够了。

典型的铜锣湾路线大约是从港铁荃湾线的铜锣湾站崇光百货出来，和水涌般的人潮一起步履急速地过街前往时代广场。两个铜锣湾买物地标中的小街道里散落着一些好味道，等待你逛街累的时候去饱尝一顿。和时代广场连接的精品

夜雨中有一个连卡佛

百货连卡佛（Lane Crawford）收纳了许多欧美新晋设计师的作品。我去年在此发现了入住不久的时装大热品牌 3.1 Phillip Lim[1]，最近连卡佛的 lab 团队又打造了 pop up[2] 店中店，在香港的国际金融中心展示精挑细选的女装成衣，风格年轻时尚，具有鲜明的选货特征。由铜锣湾发展起来的连卡佛总是身体力行地推动本港时尚力量的壮大，如今连卡佛在内地的北京开辟新店，是香港潮流文化北上的最好例子。而连卡佛对于香港一代的时装人物都产生过影响，本地时装 fashionista[3]、港星徐濠萦回忆说自己自小就随同父母在连卡佛百货购物，见证了香港在 20 世纪八九十年代成为亚洲时尚中心的过程。连卡佛总能带给人新鲜的视觉和触觉感受的，内部的圆弧形扶手电梯是这座百货的标志，二楼店中店陈列的男装女装，亦不会让你有看遍了大牌服装的厌倦感。此外，连卡佛连通时代广场，能让喜欢购物的你一次扫货成功。

1　3.1 Phillip Lim（菲利林 3.1）是华裔美籍设计师林能平（Phillip Lim）于 2005 年创立的品牌，是众多新兴时尚品牌中的成功典范。林能平是继周仰杰（Jimmy Choo）、王薇薇（Vera Wang）等之后的又一位红遍欧美的华裔设计师。

2　随时搭建的临时性的时装店铺样式，这种样式最近被很多时装品牌采用，给年轻设计师和品牌一个展示自我的场所。

3　疯狂追求时髦与流行的人，以及撰写相关时装评论与报道的人。

味觉记忆，一杯白葡萄酒

对我来讲，铜锣湾始终是一个充满了味觉记忆的场所。在我看来，没有其他的香港地域可以和铜锣湾一样，把吃饭变成了一种纯粹的生活文艺化行为。在这里食物的味道记录了种种生活况味，凝聚了丝丝点点的记忆。王家卫的《花样年华》里，苏丽珍和周慕云在铜锣湾那家"金雀餐厅"吃牛排，刀叉和餐盘碰撞出声响，仿佛在努力敲开心里的门户，言语间情感流转，心事早已明了，一切都不要说得太直白，太外露。那些怨愤的心思，被餐厅里的味道烘托了，港式混合了西式，被两个人一刀一刀切割，再咀嚼捣碎，吞了回去。我去了很多次的铜锣湾，却一次也不会去这家因为王家卫变得很有名的"金雀餐厅"。据说餐厅内部已经贴满了王家卫的电影剧照，就怕食客不知道这家餐厅是当年梁朝伟与张曼玉共餐拍戏的场所。关于王家卫，现在于我也是回忆，这回忆塞满青春飞驰的那些路口，偶尔想起，才会有一些唏嘘感怀；其他时候，我们匆匆继续人生路，痴痴梦话，说给自己听。也许这里有和生活撞到正的回忆，让在铜锣湾的味觉记忆一点不会"食之无味"。

2006 年 10 月，我和朋友 Vivian 在铜锣湾霎东街的何洪记吃云吞面和牛腩；多年后，我们在伦敦还可以回忆起当年一道在香港吃食和购物的喜悦。真性情的好年华，原来还可以有铜锣湾的痛快吃食这一笔！这家何洪记，早已是香港的老牌名店，场地虽然很小，但是食客都是排队等待，希望可以吃到正宗港式食物。如若到了何洪记，必点的是招牌的云吞面。我认为，好的云吞面，面吃起来必然是筋道的，不会

有那种黏稠或发涩的口感；至于搭配的云吞，虾和肉的比例要好，汤需有香味。据介绍，何洪记的云吞尺寸合适，一口一粒，是厨房老师傅多年精准工艺的结果。这里的面条让食客吃到觉得爽口，亦有蛋香；不过一份云吞面分量很小，你需要多点几碗才过瘾。此外，何洪记的牛腩亦是镇店之宝、必食佳品，其肉质松软细腻，味道适中，不会有太重的花椒、八角味。吃完主餐，不妨再试一试粥品，一样让人舒心。不过，如今的何洪记食客太多，往往让人有吃快餐的感觉，大多时候，食客只能匆忙吃下一份云吞面，然后让位。

行走tips / **何洪记** / 铜锣湾霎东街2号。

2007年4月，我和一位香港的媒体朋友每次吃饭聚会都选在铜锣湾，因为她工作的报馆就在湾仔，而从湾仔到铜锣湾实在方便。第一晚，我们约在时代广场见面，其后去到一幢大厦楼上，那里有一层楼被出租改建成为有着“船员”主题风格的餐厅。我们在这家餐厅点了西式餐品，看窗外铜锣湾的市井百态，聊天到深夜。那时候我正在为“出走”做准备，也打算到香港，只是后来去了欧洲留学、旅行。在夜晚的铜锣湾，清洁街道的车已经将地面洒上一层水，水果铺的水果开始降价出售，新鲜芒果和香蕉在暗夜里的铜锣湾街道中散发一丝茫然迷走的味道。朋友买了一包新鲜的水果，我们就这样散步从铜锣湾走回了湾仔。再过一日，我们约在铜锣湾波斯富街的一家越南餐厅吃晚饭。这家餐厅叫作“香河越南餐厅”（Persume River Restaurant），在被清淡的绿色装扮的室内，可以吃到价格适中、味道地道的越南菜，其中尤以越南河粉最为好味。店里的生熟牛肉粉，汤鲜美，没有使用味精，柠檬微酸，佐料为东南亚小尖椒，自己撒在汤面上，甚是香；另外还推荐沙嗲虾汤河、香茅牛肉冻柠——闻到香茅，就能体会到浓厚的越南风味了吧——以及饮品“三色冰”。

2011 年 4 月，和朋友 Maggie 的一顿午餐也是在这家“香河越南餐厅”吃的。中午时段，周围上班族也会来这里，稍显拥挤。所有味道，我想只是因为一起用餐的人，而被记住；又因为每次总有推心置腹的谈话，关乎一些境况、未来的打算、对生活的抱怨，食物被消化、分解，成为最佳弥合剂。

在做记者的时候，每日完成关于香港电影节的采访和写稿，就可以从湾仔搭深夜的的士去铜锣湾食宵夜。那是每晚 11 点后，在铜锣湾崇光百货背后的几条街道上的味蕾狂欢。饱食后，再在无人的街道上散步，偶尔有呼啸而过的夜车，除此之外，整个香港都很安静。那是 20 岁时期的梦想时段，是有梦想的青春时代，是正接受时代和现实的打磨的时候，而此种感觉，无论在哪一个地理空间内，都大同小异。

行走 tips / **香河越南餐厅**（Persume River Restaurant）/ 铜锣湾波斯富街 89 号。

亨利中心的 Casa Fina seafood & oyster bar（Casa Fina 生蚝海鲜餐吧）最早是《外滩画报》的好友文林推荐的。2011 年 9 月到香港看林忆莲演唱会，一晚约齐好友 Joy 和 Wendy，与 Amber 小姐和菲姐一道去了这家 Casa Fina

seafood & oyster bar。话说，Casa Fina 现在在香港有两家店，我却独爱铜锣湾的这家店。从这里可以上到亨利中心楼上，体会被高楼包围的感觉，从室内的百叶窗望出去，可以感觉到香港的夜色悠然。那一晚，我们从尖沙咀打的士到铜锣湾，下着雨，霓虹灯、广告画在雨中被折射，变异，城市文明和时尚风景，对倒。

Casa Fina 小巧，不张扬，仿佛是自动为你开启的一堂精致生蚝海鲜和红酒课程。我们五人落座，看 menu，服务人员礼貌且专业，为我们推荐前餐。店里招牌的生蚝，食材以法国和西班牙的为主，从欧洲空运来港，用雪柜保藏，即日就要上桌，成为餐中美味。我们附近有一对讲英语的男女，美国口音的袅袅谈话，裹挟了一些细碎的玩笑。我喜欢 Casa Fina 里这种暗调的派头，有私密，有性感，有暗涌。

自小在澳洲长大的 Wendy 娴熟地选了一支新西兰产白葡萄酒，配合生蚝刚好。随后的一盘生蚝，口味由淡到重，依次排好，服务员为我们一一介绍。产地不同的生蚝口味自然有差别，如若把食生蚝上升为一次品味生活质感的仪式和享受化行为，我觉得 Casa Fina 真是一处好地方。当晚盘中的 10 只生蚝，产地包括法国、爱尔兰、南非，品种包括 white pearl、black pearl、gilardeau 等。印象深刻的还有我们点的墨鱼汁的奶酪饭，整个吃的过程都很销魂了：刚入口，大家的牙齿都被墨鱼汁染黑，而饭粒香滑可口，让人回味无穷。Casa Fina 的晚餐，留下刀叉碰撞的节奏和谈话的美妙。

那一晚，老朋友，新朋友，大家一边饮着白葡萄酒一边交谈。我和 Joy、Wendy 一起回忆我们在奥斯陆大学的学生宿舍生活，回忆一道做饭的夜话时段，以及奥斯陆冬天的第一场大雪。这个夜晚，空气中再也不可能有北欧般凛冽的寒意，时空仿若倒转，从冬到夏，从北到南……

那一晚，我特别留意了那支新西兰产的葡萄酒的名字，它叫作 Cornerstone Marlborough。

行走 tips / **Casa Fina seafood & oyster bar**（Casa Fina 生蚝海鲜餐吧，铜锣湾店）/ 铜锣湾恩平道 42 号亨利中心 13 楼，利园对面。

百德新街，以及关于 agnès b 的情绪

百德新街其实还不能算是我最喜欢逛的铜锣湾地界，从百德新街一直走到街道尽头，再从街角拐弯，来到京士顿道，这才是我的铜锣湾逛街购物地点。因为这里很安静，我喜欢的东西又都能找到，不用去和汹涌的人潮拼杀，所以在这里的分分钟都是悠然自得的，抬头都可以看到海了。京士顿道仿佛是一处被铜锣湾的热闹物欲丢落了的孑然景观，但这条街道上又全是好货。当年火红的香港 selective [1] 店铺 D-mop 的一家两层楼的店，就在京士顿道上，因为不张扬，避开了铜锣湾的主道，自然成为一些香港明星夜晚扫货的去处——最新的时装可以立马拥有，又可以避免被大众认出的尴尬。D-mop 安静自我的橱窗陈列亦是京士顿道上的一处风景，虽然有时候到了一种无人问津的状态，但只要是喜欢这份安静的人，就会爱上 D-mop 橱窗传递出来的这份幽深美学。

有一晚在铜锣湾的恩平道

1　买手挑选货物的时装店铺。

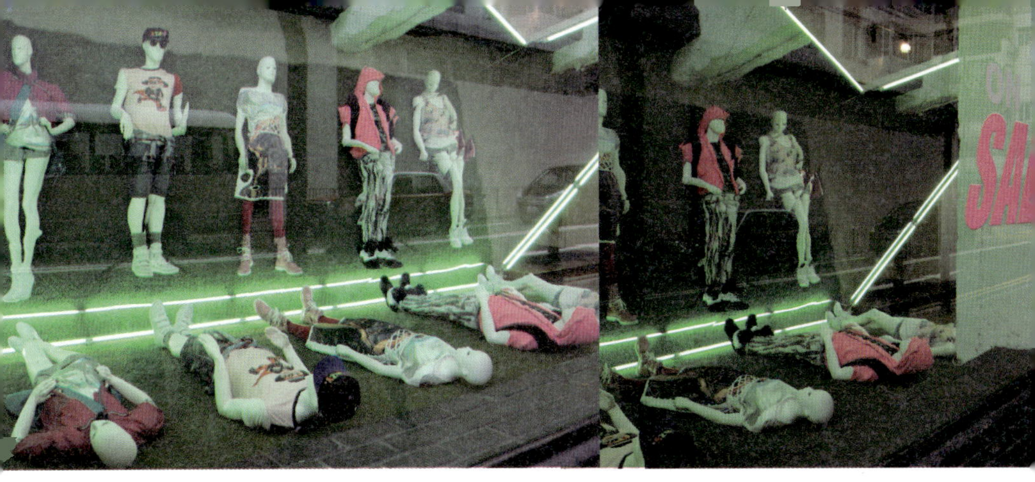

D-mop 旁边的 adidas original [2] 店，有两层楼的规模，在多年前，就是我们认为的货品最为齐备的 adidas original 店。挨着 adidas original 店，还有地下铺头 I.T，储存着大量鲜亮的让人激动的男装品牌：从 Jil Sander 到 Viktor & Rolf、Comme Des Garçons 和 A.P.C.，不一而足。

京士顿道街口还有一家两层楼的 Vivienne Westwood（维维安·韦斯特伍德）店，男女装也很齐备。去年我在这家店试了一件条纹衬衣，我喜欢它的安静自持，没有太多要干扰你的意思。一直喜欢 Vivienne Westwood 的大胆和不羁，像是永远没有办法停歇的摇滚灵魂，像是五彩蜡笔的乱涂乱画，又像是打翻了的各色水彩颜料，有着奔放和随意的奇怪图案，又很英国，乖张且叛逆。愉快购物经验往往是遇到自己喜欢的那一件衫时，上身后的自我感觉。在对的店，遇到对的衫，像是恋爱的感觉，带来强烈的占有欲。在手里拿着战利品的那一刻，会感觉世界如此美好。这大概是和我一样的人热爱京士顿道的直接原因吧！此外，就在 Vivienne Westwood 旁边，你亦可以游览日本品牌 ZUCCA 在此开出的新店，设计师小

2　adidas original 是阿迪达斯旗下拥有四大系列之一，这四大系列是：运动表现系列、运动生活系列、运动传统系列和运动时尚系列。经典系列 Original 为运动传统系列，采用三叶草标志。

D-mop
FASHION WALK
HOMMI
Paterson Street
百德新街
agnès b.
FEMME
DELICES

野冢秋良（Akira Onozuka）估计已经不再亲力亲为打造每一件衣饰了，但这并不妨碍我们欣赏一种非常日本的流行趋势和设计观念。

说回百德新街，当年要不是香港新生代流行乐女生组合 Twins 唱过的那曲《下一站天后》的歌词里提到“百德新街”，它恐怕不会成为我们熟悉的地点。“在百德新街的爱侣 / 面上有种顾晄自豪”，铜锣湾的男女，顾盼自恋。或许城市中的爱恋，如名利一般有着脆弱易逝的特质。有一晚，我从地铁站走出来，站在依然亮如白昼的铜锣湾上，看到百德新街上的一对小情侣站在路灯下，四目相对，浓情蜜意，仿佛遗忘了世界。谁又比你重要呢？这些关于这座城市的浪漫细节，被我一一记下，在生命里的很多时刻被再度记起，只要稍微被放大，就会延展出柔和情意，泛滥出回荡的气场。

这种柔和情意的中心是位于百德新街与京士顿道交界处的这家 agnès b 店。当年我的第一个 agnès b voyage 包就在这里买到，黑色基本款式，陪伴我走遍了整个欧洲大陆。自然那个时候，我还未去过巴黎，未有真正见过巴黎 Jour 道上的那家与教堂相连的 agnès b 女装店，未有真正体味过那种在无与伦比的文艺时日中的清浅味道。后来知道 agnès b 女士大概很爱香港，在香港开出 agnès b 餐厅、花店、巧克力店，售卖法式生活情调，给高速运转的香港增添了一种美好的期许。我 2006 年在港时即发现，香港人很买 agnès b 女士的账，香港的 agnès b 店铺甚至比巴黎的还要集中，类型也更丰富，agnès b 已经变成港人的一种生活模式。而后 agnès b 再接再厉，在香港推出运动系列的副线年轻品牌 Sport b。这一品牌一经推出，即受到追捧。我一直纳闷，为什么 agnès b 制

位于百德新街上的这家 agnès b 是我钟爱的铜锣湾店铺，agnès b 的所有系列都可以找到

造的这些文艺的画面、衣服、和生活相关的情调会在香港受到如此的欢迎？即便是摆放在 Sport b 店中的音乐 CD，也沾上了欧陆 indie 或者小众气质，成为大众消费文化盛行的香港时尚市场中的一种异数。这种经由香港生根，开花，散播四方的 agnès b 效应也席卷了内地，成为内地文化人谙熟的一种符号标签。难怪当年我在贾樟柯导演拍摄纪录片《无用》的现场看到他手戴 agnès b 手表。后来贾樟柯告诉我，那是因为 agnès b 品牌在自己拍摄《三峡好人》时伸出了援手。果然，agnès b 小姐多年的电影、文艺、文化情结未有改变，这种植根浸淫在巴黎文艺圈中的好风骨来到香港，立刻找到可以与之共鸣的空间和人事。agnès b 在香港办展览，开艺术电影院，和本地的艺术家合作，即便是售卖价格不算便宜的自家衣服，也要把整个店面做得有气质有腔调，至少让人一看就感到法国文艺片气息扑面而来。

我最喜欢铜锣湾京士顿道街口的这家 agnès b 店，它的男装在二层，陈列非常齐备，还有各种杂志、海报、独立刊物供人翻阅。站在二楼男装店的玻璃窗前，望出去，是百德新街和京士顿道味道独特的安静气质，以及被过滤掉了的拥挤人潮、收了声的吵吵闹闹。在 agnès b 店中，听得到的全是那些击打内心的文艺音乐，每一支音乐都动人，是我的那一杯茶。2012 年再来京士顿道，发现 agnès b 在此地的版图得到了扩展，接连开出 agnès b 的副线产品 Sport b 的店，吸引年轻消费者光顾。故此，要打量 agnès b 昂贵的正线和价格居中的副线，打量从衣服到手包的各类产品，百德新街和京士顿道交界处的这家 agnès b 是最佳选择。

我记得我在巴黎的Jour道，看整条街的agnès b店铺——产品分为男装、童装、女装以及voyage箱包系列——的情景。那时想到，20年前，或者更早的时候，香港的文化人林奕华，以及时装作者黎坚惠就在巴黎买agnès b。agnès b的拥趸还有王菲早期的造型师Thomas Chan、文化作家迈克，这些和agnès b相关联的香港文化、娱乐圈中人物，真有agnès b那种有点缥缈的不和大众太“同流合污”的意思，那是20世纪90年代，他们做出的一种自我选择，选时装真如做人一般。今时今日，走在铜锣湾的人潮中，自我如蚂蚁，想到黎坚惠在她的《时装时刻》一书中言：“此一时也彼一时，agnès b对电影和艺术的支持不变，但agnès b的时装分量早已改变。”所以，现在再去百德新街，望见曾经让我激动的agnès b，会不想走入——不想走入的其实是难以返回的过去吧……

末了，我只想说，自己来了很多次的铜锣湾，以后还会造访，但是倘若你要做一个麻木的“购物狂”，铜锣湾还真可以成为你的“最佳拍档”呢！

Chapter 6 北角，在如水岁月中手握阳光

地铁已经驶过铜锣湾，下一站"天后"已过，然后是炮台山，紧接着是北角。这个城市，每一个角落都被高高低低的房屋、居住者安插满当，不留一点多余空隙。这一刻我在听黄耀明唱那首《罅隙》，这两个字的发音在粤语里竟然可以有另外一种意境，念出来似乎是另外两个字，像是故意拉开的距离，时光拉锯战里，双方的对峙、新旧之间的比照。北角就是被一条地铁线拉开了的另一个香港所在。走出地铁站，拥挤、狭小的店铺出现在眼前，这里的商业区都是小单位的聚合，不具备高涨的人气和势如破竹的凌厉，有一种缓慢的、凝固的小团圆性质。

北角一直有"小福建"和"小上海"的别称，这里是内地移民聚居的地段。北角的街道名字反映了香港殖民与移民文化的多元对立。我住过两次北角的渣华道（Java Road），"渣华"本是爪哇岛的别称。20 世纪初，渣华轮船公司在北角设立办事处，接待不少荷兰殖民地（如印尼、爪哇等地）的华侨往返香港以及在此进行贸易通商，这些华侨又主要为闽南人。1933 年，这条靠近海边的新马路建成，顺便以渣华轮船公司的名称定名，所以有了这条渣华道。1935 年，北角的英皇道（King's Road）通车。这条路显示了英国殖民政策的昔日光彩，这个世界上到处都有 King's Road，英国殖民的时代似乎已经是相当久远的前世了。不过当年，英皇道连接炮台山，抵达铜锣湾，它的通车带动了北角的繁华，北角随后便成一个新兴的工业区。

而像春秧街、书局街又透露出一种老上海情怀，似乎是鸳鸯蝴蝶派小说中的名字，让人在嚼咀间回味往事风骨。20 世纪 40 年代到 50 年代，大批从上海涌入的移民，带来了老

北角电器道上被保留的老建筑，虽然现在这里已经转变成住家区

上海的舞厅文化，上海舞小姐的生意，跨越地理边界，在北角异常红火。当年，北角的风月韵事，大多发生在有钱的老板和舞小姐之间：大老板打电话预约自己喜欢的舞小姐，然后去接舞小姐，再去夜总会跳舞，接着是吃饭、喝酒、宵夜，完了之后，老板还会把小姐送回家。油头粉面和旗袍曼妙，是当年北角舞场文化的一种历史轮廓，不似如今这个时代的粗野、直接、坦荡和纯粹肉欲。

我有一日在北角闲逛，沿着英皇道往炮台山的方向走。英皇道似乎已经衰落，如英国昔日的殖民好光景不再，往日英皇帝国亦会有陨落的历史吊诡时刻。我在路上慢条斯理地来回踱步，瞥见北角电器道上的北角发电厂旧址。这座1919年开始运作的北角发电厂在1941年曾经遭到日军袭击，发电厂受到破坏，并于1978年正式关闭。以前的北角发电厂区域已经改建成了“城市花园”住宅区，老式殖民地风格的平房被翻新保留，独自述说历史中的硝烟起落，被太阳一照，蓝天下又有着一种奇异的南洋味道。

经历历史波折的还有北角的新光戏院。这家戏院在翻滚的商业浪潮中几近关闭，最近终于再度易手，被装修打造，再度开锣。新光戏院位于北角英皇道和书局街交界的路口，从地铁站出来，抬头即可以看到。新光戏院是香港粤剧演出的重要场所，无数香港粤剧名伶都曾在此献艺，裹挟了香港人的戏曲记忆。从 20 世纪 70 年代以来，幕起幕落之间，有令人嗟叹的流云轮转，粤剧念词的淳厚亦是一种老香港的乡愁，那些舞台上的粤剧角色，纠缠的很多愁绪，似是故人来。2012 年，新光戏院在濒临关门的前两日成功延续合约 4 年，由投资人李居明投资千万港币将其整栋建筑“古物活化”，并在 2012 年 5 月 21 日再度重新启用。现在新光戏院已经超越了仅仅上演传统戏剧的场所定位，变成集戏曲、舞台剧、粤剧、演唱会和数码电影于一处的新型娱乐场所。不过人们走入新光戏院的大厅，依然会被大厅中夺目的粤剧海报吸引，厅内按照粤剧演出传统摆放给名伶的花篮璀璨鲜艳，显示了粤剧艺术的持久魅力。如果你是中国戏曲爱好者，不妨到新光戏院看一出粤剧表演。2009 年 11 月的美国《时代》杂志网站票选投票中，有 25 项“游客不容错过的亚洲体验”，而“去新光戏院看粤剧表演”则名列 25 个体验中的第 7 位。

行走 tips / **新光戏院**（Sunbeam Theatre）/ 北角英皇道 423 号。

北角散步，阳光之下并无新事，紧密相连的店铺食肆密密匝匝，狭窄街道上偶然拐入的有轨电车有着按钟点运作的老派头，给人一种夕照印象。北角亦是香港老龄化问题最为集中的区域，在这里可以看到老人们或坐于天桥底下，或买菜路过，或相聚话家常。在北角，不少老一辈闽南女性很节俭，自己开店，亦不会讲求店面装修，只愿意用最低价格将商品卖出。所以当年，北角的商铺，便以便宜的价格招揽顾客，店面亦不会装修，简单直接，节约成本。虽然北角的店铺租金也很高，但是在北角的春秧街、马宝道都有便宜的市场，相对于旁边的铜锣湾，物价便宜不少。这里是真正的小

北角「鸡蛋仔」外总是有人在排队

本经营的世界，小本买卖中传递的是生活的艰辛、人情的熟稔、社区内外强烈的凝固感觉——这一凝固的感觉紧紧围绕着整个北角，使步入北角的人有一种踏入 20 世纪八九十年代的感觉。这并不是说北角是慢速落后的，而是说北角里面隐藏的情绪，是有一点非主调的，迥异于中环、铜锣湾，是怠慢了的；亦因为北角已经不是香港的工业区了，有一些弃置的景象。对着海的区域，那一整片的公车停车场，是一个终点，从繁华一路驶入这个北角的终点，再往下走，又是另外一种景致了。北角的人情世故终是能抵消那些凋敝的厂房、码头上的苍凉的意境。

我的内地美食家朋友戴踏踏为我勾勒出北角的美食地图，我顺路找到那些她极力推荐的北角美食。我发现那些食肆都狭小、袖珍，没有可以铺展的多余空间，像是由手工作坊延展出的餐馆。我路过北角英皇道上很红的鸡蛋仔店，墙外都是店家贴出的名人捧场照片，三五个女子在店铺外排队，有一种小市民的欢乐景致。而位于书局街上的“天天鲜豆浆”采用的则是现榨现卖的形式，豆浆有冻的和热的，一份冰冻的淳厚的豆浆，是夏天的散步伴侣。正如店铺的招牌

清晨醒来，雨水中的北角码头

一般，这家不仔细找会被忽略掉的豆浆店每天售卖最新鲜的豆浆，你从铺头外往里看，可以看到繁忙运转的豆浆机器一路工作的状态。我亦打包一份，放入塑料袋中，摇晃的豆浆，陪我走一路的北角街道，撞见和我一样拎着一样塑料袋采购回家的北角居民。这些没有经过任何装点的白色塑料袋，即是一种北角的生活印记，北角居民买菜、买豆浆、买小吃、买生活用品，物品都装在这些塑料袋中，不会去大型连锁超市，而是经过街坊介绍，去熟络的店铺、楼下的餐馆、街角的杂货铺，与人相遇就寒暄几句。真正的生活大约就是这般有日常情感的，不虚华，不卖弄，有着很实际的操守和步调……

行走 tips / **北角鸡蛋仔** / 北角英皇道 492 号 / **天天鲜豆浆** / 北角书局街 26C 地下（地铁北角站 A4 出口）。

深夜走出北角的地铁站，北角在 12 点就安静下来了，24 小时便利店的生意并不会像旺角的那样变得热火朝天。这里的 24 小时便利店也不算多，有时候为了去一家深夜还开着的便利店，还要走上好一会儿。但是无所谓，北角如斯，就是这样按照自己的频率，自顾自地活着……

Chapter 7

赤柱，异地灵魂的独自凝视

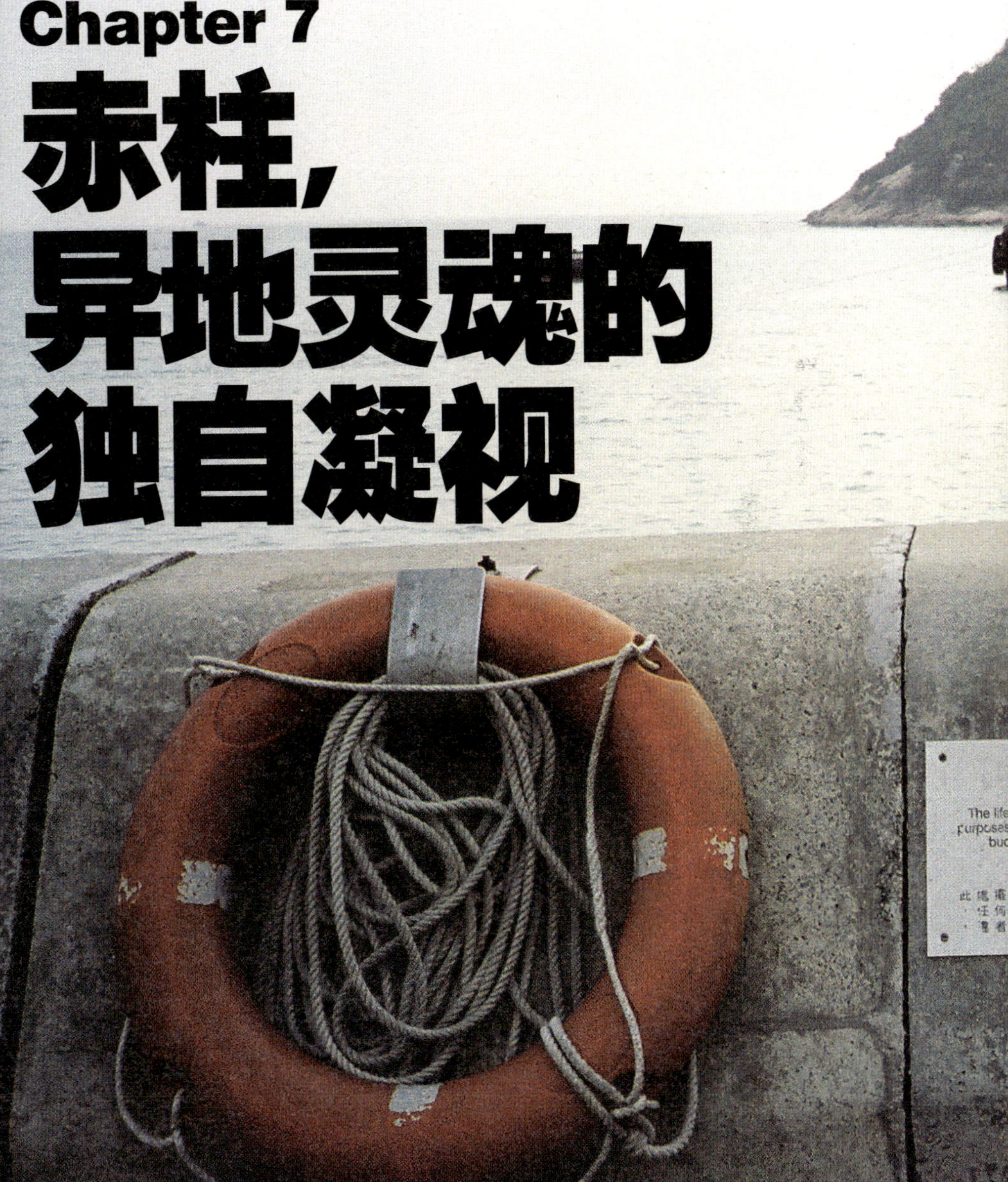

The life buoy is to be used for rescue purposes only. Damage or theft of the life buoy will result in prosecution.

2005 年第一次到港，造访赤柱本来并未在我的游走计划中，只是当时到了浅水湾，在车站看到有 bus 终点到达一个叫作“赤柱”的地方，其英文唤作“Stanley”，和中文“赤柱”没有任何关联，估计是据某位英国人的名字取的洋名，好奇心驱使我去看看这块身处香港岛南端的地域。

当初抵达赤柱，注意力都在主要景点上，在以美利楼为中心的区域内，看到一片海。当时赤柱广场正在翻修，食肆和酒吧在一派喧闹中保持营业，不过我并无太多兴致去小憩一番。只要不是周末时光，离中环闹市 20 公里的赤柱都安静，是香港的一处后花园，给人心灵抚慰。坐在海边石头堤坝上，可以发呆，可以想起若干往事，把城市喧闹彻底抛弃——这是我热爱香港的一个原因，一座城市同时拥有喧闹繁华和简化安详的两个层面，而这两种层面的享受，都可轻松拥有，不需费力远行。从中环坐公车不过 20 分钟，你就可以置身山海间，徜徉于一个自然灵动的原始空间。显然，赤柱是拥抱自然的一个高潮地带。同时，赤柱亦是自成一体的，拥有集市，居住着少量香港居民，又保留有美利楼等诸多拥有异域特色的殖民地时期建筑。走进赤柱中心，拥有殖民地时期痕迹的古迹的记忆可以一一展开，这是这处海边区域的独特魅力和旅行价值所在。最终，在历史资料中查找赤柱的英文名“Stanley”，发现这个名字来自英国前首相史丹利勋爵（Lord Stanley）。

不过，你不能认为赤柱是与外界绝缘的小渔村，抑或是原始的、不便利的、被现代文明遗忘的角落。从历史上看，赤柱从来不缺人气，人气与山水的融合交织，演绎了赤柱在香港发展历史上的独特地位。而“赤柱”这个名字的由来，则是相当本土的，和英国人、殖民地文化一点关系都没有，对此有两个说法：一说是因为赤柱拥有很多优美的海滩，比如“香江八景”之一的赤柱东湾，每当朝阳升起，霞光倒映在水面上形成一道红柱，因此得到“赤柱朝晖”的美名；一说赤柱以前有很多木棉树，开出鲜红色花朵的木棉树看起来像赤红色的柱子，因此将此地称为“赤柱”。不管真相为何，都不需要去探究到底，因为两种说法都透露出“赤柱”的一种优美感觉，亦彰显了一种自然美景中的生命力。火红的赤柱，夏日里的无二景致，充满了张力。

赤柱自古便是香港岛上的主要聚居地之一：1841 年 5 月由英国人进行的首次人口统计中，在香港岛的 7400 名居民里有超过 2000 人住在赤柱一带；当 1842 年香港成为英国殖民地，而维多利亚城又未落成时，赤柱曾是香港岛的行政中心。此外，赤柱亦是一个军事据点：清朝时期，赤柱已有一个名为赤柱汛的营汛；香港成为英国殖民地期间，英军一直都在赤柱设立军营；香港保卫战期间，驻港英军在赤柱受日军攻击；香港日治时期，赤柱是“白种人的集中营”；昔日在赤柱的英军军营在香港主权移交后由中国人民解放军使用。当年港英政府曾考虑在赤柱附近修建新机场以取代九龙城的启德机场，新机场的首选地址并非现在的赤腊角新机场所在地，只是后来香港新机场最终落户赤腊角。

美利楼是赤柱的标志建筑，全称是“美利军营楼”，始建于 1844 年，楼高 3 层，设计师是英国皇家工程师 Aldrich 及 Collison，原立于中环，坐落于金钟花园道（即中国银行现址），被用作当时驻港英军的宿舍及政府的写字楼，是香港现存最古旧的殖民地建筑物及仅存的少数古欧陆式建筑物之一。1982 年因为兴建中银大厦，政府将美利楼拆除。当时的港英政府为了保存这处古迹，拆除时已计划另外觅地将它重建，并将其 3000 多块花岗岩编上号码。1999 年，香港房屋委员会负责将美利楼在赤柱重建，这项重建工程，加上发展新马坑屋苑，共耗资约 7.64 亿港元。美利楼于 2000 年重新投入使用，再次成为赤柱的重要标志。现在的美利楼内部被辟作高级食肆，边上是搬自油麻地的旧时当铺的

“同昌大押”石柱，游人可在此细览遗迹，缅怀昔日历史。

美利楼的拆迁重建折射出香港社会发展的一种现实——城市空间开发和历史古物保存之间存在着矛盾。这是每一个现代城市在发展中都会遇到的难题，是全盘拆毁，还是有计划地保护以延展历史古迹的价值？美利楼的拆迁给了我们一个很好的例子，城市发展的功利短视与政府的人文考量其实可以达到一个平衡点。

第一次踏足美利楼，是接近傍晚时分。我站在三楼阳台处看赤柱外围的香港海域，海风夹杂南中国的溽热袭来，有一种异域文化的味道，视线左边则是充满了庶民色彩的现实香港。赤柱广场上有餐厅、酒吧，一派人间烟火的热闹景象，甚至偶尔有集市里的声响传来。在美利楼里，除了在设置在此的高档餐馆里用餐，你亦可以仔细观看这幢大楼。美利楼主要以巨型花岗岩建成，风格糅合了东西方建筑特色，既有仿希腊风格的复古式圆形石柱，又有铺着中式青瓦的斜顶屋顶，真是香港这座城市中西文化交融的建筑写照。我从三楼转至一楼，踩着带有老旧的葡式感觉的黑白拼色地板，穿过走廊，傍晚的光线正好投射进来，休闲散漫之中，仿佛进入时光隧道。我好像自此回到当年，看到英国军人在此闲聊、喝酒，看到过往的生活场景，听到袅袅的英语；烟雾缭绕中，爵士乐流淌，电影场景变换，讲述南来的中国女子和英国男子的恋爱故事……那是一场带有一丝南国风情、一丝调情味道的幻觉。

以前在香港，每一次总是因为到了浅水湾就接着去赤柱，所有关于赤柱的印象总是关于下午、傍晚。有一回带了表妹乘车，我们从赤柱的巴士总站走入赤柱，经过了热闹的集市，感受到赤柱聒噪和生活化的一面。这一面绝非殖民异国文化可以概括的。小贩们在自家的铺头里做生意，也不急躁，但是遇到走过的游客都会主动兜售便宜的纪念品、明信片、T 恤。那些古老照片里的曾经的赤柱风情，被冲印成新的黑白照片，挂在集市中，招摇着，引诱怀旧的游客。后来我才知道，其实香港本地人也会选择周末来赤柱踏青，举家出游，迎接自然的洗礼，在海滩上烧烤、晒太阳、游泳，在集市中买

便宜的商品，享受一种大都市外的宁静和自我。

自从1973年首家售卖精品的商店在此开业后，赤柱集市逐渐发展成为热门集市和旅游景点。集市全年营业。

行走tips / **赤柱集市** / 赤柱新街及赤柱市场道一带。

而从赤柱广场延伸出来的西式感觉的餐厅、小酒吧则可以让你品尝到异国美食，你大可以在下午找一家酒吧喝一杯，或者从傍晚开始在这里和朋友晚餐，看香港的夜色一点点上来，看美利楼点亮灯光，体味海港涌动着的那一股香甜和酣畅的自由味道。夜晚中的赤柱广场旁的小酒吧里，鬼佬和华人举杯，畅快交谈，和着一点骚人的音乐，并不吵闹，也不会有特别过分的欢乐状态……

赤柱在港人心中还有另外一个层面，一个静谧死寂的层面，埋葬着的历史，述说着死亡和被隔离的人事，因为香港最大的监狱和一个坟场就在赤柱。赤柱监狱位于香港岛赤柱东头湾道99号，是香港高监控级别的监狱之一，由香港惩教署管理。它的前身为香港监狱，建立于1937年1月，主要收容成年男性犯人。二战时期，香港被日本攻占，当时被称为"敌性国民"的约3000名港英官员被日军拘困在赤柱监狱、圣士提反书院等地，这些地方被统称"赤柱拘留营"。

从赤柱集市一旁的小路走上黄麻角道，再顺势往上行大约15分钟的路程，就能看到白色十字下的一片坟场。这里是赤柱军人坟场（Stanley Military Cemetery），又名赤柱国殇纪念坟场。据史料所言，这处坟场是20世纪40年代香港开埠初期的军人坟场之一，最初主要安葬驻港英军及其家属。坟场曾关闭，并于1942年重开，以安葬香港保卫战中

赤柱军人坟场（照片由香港《晴报》Ewen Cheuk 提供）

赤柱军人坟场埋葬着很多二战时战死在香港的英国士兵（照片由香港《晴报》Ewen Cheuk 提供）

的死难者，包括战俘、平民、香港义勇军及英军服务团（British Army Aid Group，BAAG）成员。夏日蓝天下，葱翠园林里，绿色草地中的死亡气息笼罩着被埋葬的历史和记忆。沿坡上行，行走在坟场中，我想起我在欧洲的时候，每每会去坟场散步。我记得在苏格兰的格拉斯哥，曾走上教堂背后山峦的坟场，看到一些倒掉的墓碑，那里大多数的墓碑都呈现一种历史境况中的苍凉颓废，仿若苍穹下的一种与灵魂和死亡的对话。我又想到，以前走过的巴黎墓园，无论是拉雪兹神父公墓，还是蒙巴纳斯墓园，都收纳了太多异地魂灵，如英国的王尔德、美国的邓肯和苏珊・桑塔格。而此处的赤柱军人坟场，亦埋葬着诸多异乡人。我看到一块墓碑上刻着的英国名字，墓主 1941 年去世时才 18 岁，在最青春灿烂的时候把生命终结在此，长眠地下。山峦下，远处的海洋一片蓝色，海风吹过去，这些永远停留在异国他乡的灵魂，是否亦成为孤魂，独守一处异地的悲悯呢？

走入这块坟场，觉得坟场把过去的硝烟都掩埋掉，留下空置的海景，形成一个让人看不太真切的地理印记。仔细瞧一下墓碑上这些名字，英国人名、印度人名、中国人名铺陈，仿若是香港殖民历史的一种名录祭奠，苍凉荒芜，透出浓厚的悲凉。不过，这处坟场，现在被后人打理得干净整齐，来

阳光下的赤柱军人坟场有着一丝温暖的回忆味道（照片由香港《晴报》Ewen Cheuk 提供）

GUNNER
M.C. DODWELL
HONG KONG
VOLUNTEER DEFENCE CORPS

此散步，除了我内心自动连接的我在欧洲的记忆外，剩下的只是一种淡淡的纪念心情——此时，已经是 2012 年的初夏时节……

只是，有一刻，站在高处看赤柱的海和天，张爱玲的句子突然就跃入脑海，“砰砰砰几声巨响，从海上飘来，相当柔和”，是《小团圆》。团圆的到底不会是完美，最多不过是长别离、小团圆，或者就此别过，此生不能再会，沧海孤寂，心生遗憾……

2005 年的 4 月和 6 月期间，站在赤柱的海堤边，望到一片开阔的景色，海浪一阵一阵，那时候觉得世界大约为我展开了一幅新的图景，等待我上路去追寻理想。如今过了许多年，再来赤柱，忽然有一种轻舟已过万重山的感觉。赤柱未改变很多，改变的是我的内心……

香港文化名人对谈 1

马家辉："废物"、"人渣"和"垃圾"

——挫败者的湾仔

马家辉： 生于香港，在湾仔长大，传媒人、专栏作家、文化评论学者、台湾大学心理学学士、美国芝加哥大学社会科学硕士、威斯康辛大学麦迪逊校区社会学博士。2011 年开始在凤凰卫视香港台主持一档名为《香港 e 道》的新栏目，现为香港城市大学中国文化中心助理主任，亦为台湾及香港报刊，如《明报》《苹果日报》等的专栏作家，并有多本著作结集出版。

在香港，每日翻《明报》，必然和"马家辉"三个字打照面。如若像我这样，翻报纸主动忽略政治、经济、时事版块，目之所及不过是副刊中的那些生活旨趣、柴米油盐酱醋茶的嗟叹，就自然会一眼看到"马家辉"的专栏。因为专栏位置醒目，有时候标题还很夺人眼目。当然我的意思不是说马家辉写作的内容是无病呻吟的生活碎语和鸡毛蒜皮的怨愤开解，马博士是一个文字斗士，一个一直写不停的社会关注者，冷峻、刁钻、刻薄、幽默，以文字针砭时弊，是拥有凶狠利器的写作者。据此，我欣赏马家辉的犀利和他建造的文字世界。虽不能去社会战场硬碰厮杀，他的香港江湖黑帮故事亦可以让人体会到"我自横刀向天笑"的快感和豪迈！

我以前看马家辉的时评文字，感觉这个作家、文化名人还是陌生的，陌生到只能从网络上他的个人简介中觅到一些蛛丝马迹。这些蛛丝马迹的关键词有：湾仔、江湖黑帮、美国博士、李敖、新香江四少之一、专栏作家，"锵锵三人行"……写作这本书的过程中我和马博士在成都有过一面之缘，惊觉马家辉收获了不少女粉丝，是非常有名人效应的。我很少去看马博士在电视里妙语连珠，亦少有机会可以听他在香港电台里口出金言，我只读他的文字。

马博士却不拒人于千里之外，对我这个陌生访问者的要求，尽量满足。当我们终于可以坐下来，细聊一番香港和他的湾仔记忆时，已是两个月后了。那日，他做完一档直播节目，和我约在九龙城的狮子石道上的永珍越南菜馆午餐。九

龙城在周末成为港人休闲吃饭的去处，像是自觉过滤了所有非香港元素的城中之城，斑驳落魄，老楼连片，少有新事，却在历史深处珍藏着和个体相关的回忆。这个中午，要和马家辉谈他的湾仔儿时记忆，我觉得九龙城就是一个合适的地段，合适开始那种关于自我记忆的谈话；同时九龙城又特别适合马家辉，一样不精致，本真芜杂，有棱有角！

张　朴：你生长在湾仔，你记忆中的湾仔是什么样子？

马家辉：湾仔是香港的一个老区，从以前到现在，湾仔都是一个有钱的区。有一个关于每一个区的人均财产收入的统计，香港 18 个区里，湾仔这个区的平均数很高，如果我没有记错的话，是全香港最高的。因为湾仔是英国人最早开发的地方，这里有添马舰，当时英军总部在这里，还有军火库。我记得我小的时候，湾仔还有一个“水手屋”，后来拆了，所以它其实是一个蛮矛盾的地方。

在 1950 年以后，湾仔就有“老中产”聚集，有一些英国人也在那边。有这些富人权贵在那边，就需要有“草根”来侍奉他们，所以也有一些很穷的人在那边。这形成了湾仔很矛盾的格局。湾仔也聚合了很多香港的媒体人、作家，他们几乎都是在这里成长的。

位于湾仔石水渠街72～74A号的蓝屋是湾仔现存的古老「唐楼」群，香港一级历史建筑，原为湾仔的医院，现开设了湾仔民间生活馆，展出旧时湾仔的民间生活用品

张：从你的童年到现在，觉得湾仔的改变大吗？

马：湾仔的地理格局其实到现在都没有太大变化，因为湾仔有一个修顿球场，锁住了整个湾仔的格局。说到变化不大，可以举例：我1963年出生，我记得很多小时候去过的吃东西的店铺，到现在还存在——像“永华”，是吃面的地方；还有一家“369”，是吃上海菜的地方；还有一家叫作“东方小祇园”的餐馆，是吃素的地方；包括“蓝屋”，全部都还在那边。

可是我们预期，未来湾仔的变化会越来越大，关键在于两年前我们抗争失败，利东街被拆掉。我们预估会有排山倒海的改变到来，老地方拆掉后会盖新的东西，肯定会带动新的变化。如果当时利东街不拆掉，好好发展，可以发展成为一个新兴的类似于SOHO的区域，有咖啡馆、设计工作室。在香港，“地产霸权”恐怖的地方就在这里。

其次，湾仔一直以来就是各国水兵登上香港及停靠的地方，这里有添马舰，当年有“水手屋”，当然就孕育出很多酒吧。像电影《苏丝黄的世界》里描绘的，这里当年有好几条街的酒吧。

张：有哪些关于湾仔的儿时记忆是十分深刻的？

马：我小时候，赶上了“越战”的末期，当时我舅舅在湾仔开了一家服装店，专给洋人做服装的。当时，很多英美水兵会在香港停三天两夜，在香港做西装，因为价格便宜。所以当时做西装就得要有很快的速度，往往是第一天客人来量身，第二天来试衣服，第三天就要打包带走。有时候客人可能一次就定做 10 条裤子、3 套西装。湾仔当时除了有很多酒吧，还有很多服装店，我就在我舅舅家的服装店帮忙、打工，站在门口替他招呼客人，把客人叫进来。我的破湾仔英文就是在那时学的，只会把每一个英文单词拼起来讲，也不会讲文法啦。我记得当时我有一句叫客人进来看衣服的话是"进来吧，看看，买不买，没关系"，我直接讲成"Come on and have a look, buy don't buy, never mind"。"买不买"就是"buy don't buy"，完全是中式英文，有点像上海的"洋泾浜"。

除此之外，我就帮舅舅去买布。他给客人量完了尺寸，选好了布料，我就拿着剪下来的样品，去买相同的布料，再把买好的布料送到缝制衣服的工场，这些工场都在湾仔很多地方的二楼上面，最后还要去裁缝那里把做好的衣服取回来。有时候走路，有时候骑脚踏车，蛮好玩的。现在看到越战时候的老兵，就会想起那时候流行 Eagle（老鹰）乐队的那首《Hotel California》（《加州酒店》）。我记得有一次，有几个洋人进来服装店，每一个都抱着一个吧女，刚好收音机就在放这首歌，这几个洋人还喝了酒，可能还抽了大麻之类的，听到这支音乐，就开始在店里疯狂地跳舞，蛮好玩。这些洋人还教我讲英文。我在那个环境长大，也看到很多很草根的人，包括妓女、卖大麻的、路边卖花的。

张： 你曾在你的书里描述过儿时在湾仔看到的黑社会情景，

你自己也对这种江湖人事非常有感触吧？

马： 我记得有天早上我和我舅舅在大排档吃早餐，看到那些黑社会在街上互砍，是见光见血地互砍。湾仔旧区是很乱的，那时候香港治安不是很好，一直到 1998 年以后，香港治安才好起来。那时候的房子也没有电梯，旧区里的房子只有楼梯，所以有时候会在楼道转角的地方看到吸毒的人，什么人都有的。

张： 那有什么人，是你在湾仔见过，现在仍有印象的？

马： 我记得我隔壁的邻居，也是我好朋友的爸爸是做赌博的，非法赌马，不跟政府买马。湾仔除了古惑仔很多以外，精神病患者也很多。我记得当时在"永华"面店旁长期躺着一个精神病。以前湾仔有好几个很出名的精神病，其中有一个叫"黄婆"，她从头发到衣服，到手袋，一身都是黄色的，好像柠檬，常走在路上自言自语；还有一个"耶稣"样子的疯子，头发很脏，躺在路上；还有一个女人，也是常走在路上自言自语，后来有一天突然大了肚子。

其实湾仔当时的感觉有点像现在的广州旧区，晚上大家把锅和炉子放在街边，开始炒菜，卖宵夜，以前湾仔就是这样。所以现在去广州开会，我就会去旧区，去怀旧，那里完全就像 40 年前的湾仔，旧的杂货店、旧的五金行都在那里。

后来，"水手屋"蛮可惜地拆掉了，城市管理发展起来了，精神病就没有了。之后，以前的酒吧区也改变了服务对象，开始面向本地的消费者，类似于夜总会的消费场所开始多起来。现在湾仔也变成了一个吃东西的地方，有越来越多的豪宅，房子的租金很贵，而且也是香港贫富悬殊很大的区域之一。

在我看来，湾仔其实是香港的挫败者（吸毒者、妓女、黑社会古惑仔、精神病患者）的领地。这种看法和我成长时期的所见所闻有关。我对这些住在湾仔的挫败者的故事很感兴趣，所以我前两年在香港出了两本书——《废物》和《人渣》，今年我会出第三本，叫作《垃圾》，三部曲。有朋友会问我，为什么会有这三个奇怪的名字，我想这和我成长的湾仔有关系吧，因为我儿时在湾仔曾经看到那么多挫败者。

张：当初真是出于对李敖文字的迷恋，就跑去台湾读书了？

马：是的。我当时本来是想在香港读电影的，浸会大学电影系当时录取了我。那时候我非常想做电影导演，因为我看到徐克拿到香港电影金像奖，我就跟我妈说，10 年后，我要拿那个奖 。后来我迷上李敖的书，我就不读电影了，去台湾了，而且还如愿写了一本关于李敖的书。时光一转 20 年，2005 年左右，徐克打电话给我，原来他想拍“李敖传”，就找我问意见，想找我去台湾问李敖的意见。所以我觉得人生真是很兜转，很奇妙的。

张：当时的台湾给你什么样的印象？

马：当年我去台湾有不一样的经验。1983 年的时候，台湾还是在戒严，很多书在台湾都是被禁的，也不能出新的报纸。那时候民风还是纯粹的，生活步伐比较慢，作为在台北的大学生，生活内容很固定，就是读书、写作。我少年老成，大学一年级，已经跟李敖混在一起了。我有一阵子住在李敖在出版社的家，在他家出入，后来又在台湾工作，又去美国读博士，又回香港。

张：作为一个非常多产和非常活跃的香港文化人，你的角色很多重，你是媒体人、大学老师、电台和电视节目主持、作家，在香港可以从早忙到晚。是不是香港的这种城市频率可以让人一直忙碌呢？

马： 我在香港新闻界创造了三个纪录：第一个是1997年我回到香港，担任《明报》的副总编辑，当时我33岁，快34岁，应该是香港新闻史上最没有经验的副总编辑——没有在报社工作过，一回来就当副总编辑。第二个是接续了曾断掉的由大学里的文人做报纸副刊的传统。我觉得中国的新闻传统里很优良的一点就是重要的报纸的副刊，都交给一个在大学里的文人来承担。在20世纪三四十年代，徐志摩、沈从文、朱自清、胡适等人都曾经一边在大学工作，一边在报社副刊工作。这一传统在1949年后在台湾和大陆都没有了。为什么这个传统好呢？因为单纯在报社工作的人的生活是很枯燥的，很快他就没有灵感了，很快他就抓不到整个社会的脉搏了；如果把副刊放给外面的人来做，就可以把活水引进来。这个传统一直到2000年，在马家辉的手上才重新接起来。我后来回到大学教书，同时又负责《明报》副刊的工作。第三个纪录，我同时为香港的两份报纸写专栏，而且都占有重要的版面位置，一份是《明报》，一份是《苹果日报》，感觉是白天替刘备打仗，晚上替曹操打仗。这三个纪录对我很重要，50年后，如果大家来写香港新闻史，会写到我这三个纪录的。

张： 前段时间你谈到“港女”这个概念，在彭浩翔的电影《春娇与志明》末尾，杨千嬅扮演的港女春娇“战胜”了内地女生，重获港男张志明。港女们有什么特质呢？

马： 港女的概念其实涉及这个社会中所有的女性。我觉得港女的“主流”程度非常高，“异类”程度非常低。你问香港的女生，你的家庭出身、教育背景、喜好是什么，答案往往都很一致。无论是草根的，还是精英的，港女的喜好都差不多，大家都喜欢唱卡拉 OK，喜欢刘德华，喜欢陈奕迅，喜欢吃这个那个，讲话还可以非常粗口。

但是我们也要为“港女”说一句公道话，这种主流化的现象，放在“港男”身上也一样。香港就是非常主流的社会，这背后是有很多原因的，比如说香港的媒体非常密集，各种生活信息大家都知道，了解的情况都很一致。

最近几年，“港女”变成一个标签，笼统代表某种特质，说好听点是比较“务实”，说不好听点就是“现实”，差别只在一线之间。其实也不能怪女生，社会是很现实，很工具的，她们得从现实出发来衡量很多的事情，来做很多的决定。

另外，香港女性对于“性别角色”的态度是非常保守的。好多女生不管嘴巴怎么开放，不管事业有多成功，在她们心中，理想的形态还是嫁一个好老公。所以，嫁入豪门的香港女星徐子淇就成为港女学习的目标。我做媒体的朋友告诉我，每一期以徐子淇做封面的周刊都大卖特卖。港女的性别意识很保守。在香港，一方面我们看到女权意识的勃兴；但另一方面，她们对于“女权”的可能性的看法是很局限的。很多 20 年前在台湾兴起的女权运动，到了最近才在香港兴起，包括为女性增加厕所位置的运动等。此外，像同性恋运动，香港最近几年才比较关注，而这 20 年前就已经在台湾开始了。

说回港女，从好的一方面来讲，港女都很直接，不像内地和台湾的女性那么深沉，这可能和她们的成长经历有关。

张：现在在香港还有什么喜欢去的地方吗？

马：现在为工作飞来飞去，经常不在香港。但是你问我想去的香港地区，我几乎每一个地方都想去，包括离岛。我想去恶补一下，熟悉香港的每一个角落，可是很矛盾，工作让我忙得喘不过气，来来去去就是在九龙塘、九龙城、湾仔。

而且我开车，会考虑所到之处是否方便停车，不方便我就不去。所以我倒是很感谢香港的"黑社会"啦，提供了很多收费停车服务。

香港文化名人对谈 2

陈宁：愿在香港商业社会中，做一个小众

陈宁：笔名尘翎，香港作家。本科毕业于香港中文大学新闻与传播学系，并为英国艾塞克斯大学社会学硕士。曾旅居伦敦、台北、巴黎、纽约。著有《六月下雨七月炎热》《八月宁静》《交加街38号》，被誉为最静好的香港女作家。除文学创作外，陈宁也涉猎舞台剧、音乐、摄影与绘画等方面。她是城市漫游者，从容游走于东西文化之间，专栏文字常见于报刊。

我在北欧留学的时候开始看陈宁的文字，我热爱她描绘的巴黎日常。尽管在挪威的圣诞节是寂寞孤独的，窗外是漫天飞雪，黑夜总是在下午3点准时到来，但有陈宁的那些文字陪伴就觉得可以撑下去，如若进行了一场相隔了一个时空的对话。我在奥斯陆阅读她笔下的巴黎，或者台北时，她已经从巴黎回到香港，我却离开亚洲，开始欧游。曾经香港是我去到欧洲很多城市前非常喜欢的地方，只是距离可以让一些情绪变得疏离弥散。欧游状态让我渐次忘记了香港的闷热、台风天里的大雨、长情茶餐厅里的一次味蕾体验。但这些都不重要，重要的是我每次都可以在陈宁的巴黎文字中找到一种喟叹般的共鸣。这些共鸣源自漂流异乡的一种平淡、内心世界不断累积的冲撞，以及不同文化思维下的比照。

我在上一本书里写我的巴黎，亦受到陈宁的"三层巴黎"的启发，我们都迷恋那些停驻巴黎的销魂存在：还魂到日常

的咖啡馆中的幽幽智慧、文明翘楚，书报，手势，女人背影，索邦大学里的楼道……巴黎依然这般随时在我的脑中泛出倩影。我喜欢陈宁的“日常美学”概念；我亦时刻感觉到在经历了异邦文明的洗礼后，再度回到自我文化中的格格不入；我亦热爱1960年代，那个革命的、对峙的、优雅且烂漫的、不功利的、谈理想的时代——那是安东尼奥尼在《放大》里描述的伦敦旧景，有着女人刘海、平底鞋、轻盈步态、伦敦腔，亦是小津安二郎描绘的生活旨趣，不夸张，不急躁，被精雕细琢过，但不做作，安然自持。

和陈宁约在她家附近，湾仔的日街上的创意店铺Kapok见面。坐在店外的咖啡桌旁，我看到湾仔景致的另外一个层面。我忽然觉得，地理都不重要了，重要的是我们的内心。这么多年过去了，香港依然是那个变化着的香港……

陈宁著作封面

张　朴：你曾在书里勾勒出了儿时的活动地标：新填地街、上海街、众仿街、庙街、炮台街、永星里、文明里、弥敦道……生活丰富而灿烂，如今回到儿时生活过的油麻地，感觉有什么变化？

陈　宁：和香港的其他区域相比，油麻地的改变不是很大，很多老区的东西在油麻地被保留起来。但是它本身也有一些重建的东西在里面，比如我小时候还没有百老汇电影中心和库布里克书店。我以前住的唐楼还在，但我的幼稚园已经拆掉，我的一些朋友的中学也拆掉了，很常见，我们童年的回忆大部分都会被拆掉。但是总体来讲，油麻地的改变没有香港其他区那么大。我现在再回油麻地，我的小学、我以前去的图书馆都还在。

张：但是你现在居住的湾仔的改变却很大？

陈：是的，尤其是靠近太原街的那几条街，改变很大。还有我们现在坐的这一块区域，以前都没有这些店，包括附近的星街，五六年前都还是一块烂地，是比较老的，还没有现在这么时髦。

张：湾仔的利东街被拆掉似乎是一个改变的信号？

陈：利东街被拆掉是蛮可惜的，以前那条街上有很多喜帖店。所以我们常常说"地产霸权"，一些地产项目被一些房地产商垄断，然后他们的这种霸权就会通过经济影响到一般市民的生活。

张：我在你的文字里，看到那些细琐的生活、流逝的时日、隐匿而真诚的情感，这些东西因为你所处的地理空间被唤起，被强化。时间如流水，用手捧拾，不过惘然。香港的城市空间给人逼仄的感觉，其实个人的迁徙空间并不多，在这样的空间里成长，你会不会觉得你的这些创作、感怀有时候是很徒然的，就算努力挽回，也不敌城市嬗变迅疾的展开？

陈：我觉得改变在所难免，但是不是可以问一下：改变可不可以不要那么快？因为我觉得正如人类学家列维·斯特劳斯（Claude Levi-Strauss）讲的，新世界和旧世界的区别并不是城市外在的新和旧的区别，而在于改变的 cycle（周期）的长短，这个改变的周期是有快有慢的。我们说欧洲，整个改变都是很慢的，比如巴黎，100 年前和现在的差别不是太远；而在美洲，城市的改变可能以 10 年或者 20 年为一个周

期，很多建筑都不能保留下去。所以新旧世界的差别在于这种改变周期的长短的差别。并不是说哪一个世界好，哪一个世界不好，只是如果这个转变的 cycle 很短的话，人在这个 cycle 里面，情感上不能接受，回忆无法生根。

我喜欢有历史感的东西，这种历史感的形成依靠个人的回忆和人在他所生活的环境中所产生的感情。感情需要一些东西来寄托，外在的就是建筑或者抽象的社区网络、每日去的街角的面包店，等等。所以，现在香港的问题，就是这十几年，变化的周期很短。以前我在湾仔认识的邻居，可能忽然就不在了。拆利东街的时候，大家为什么会那么伤心？因为很多人已经深深扎根在这条街上了，那里有着他们长久维系的社区脉络，拆掉利东街，就是把这些联系统统拔掉。而且破坏了这种联系之后，也没有想办法让这些东西延续下去。我不是说我抗拒改变，完全不变也是不行的，但是我想说，改变可不可以慢一点，可不可以人性化一点，而且改变也需要连续性。

伦敦也是有变化的，但是不会把整个东西连根拔掉，再安插新的东西上去。我们应该思考的是怎么让旧的东西复活，怎么增加一些新的细节，让旧的生命可以延续下去。在欧美国家，一些翻新古物的项目，也可以有很多的方式去实现，不用再把一个古物翻新成消费的场所。翻新是需要和社区发生关系的，香港在这方面做得不好，商业一直占据主导地位。

那日和陈宁约在日街见面，这家 Spoil 咖啡馆就在 Kapok 旁边，同样非常文艺

天水围的住家楼宇，香港的城市空间相当逼仄

张：是不是因为香港是一个特别商业化的社会？

陈：这就是这个城市的问题了，你不可能什么都是商业的嘛。商业不是万能的，而且不见得所有的商业项目都会成功。我们要意识到城市记忆、文化的延续性，因为很多事情都是不能用钱来衡量的。

张：所以当初拆掉天星码头，以及拆掉天星钟楼的时候，大家都非常伤心。

陈：那个很伤感情的。拆掉天星钟楼拔掉了很多人的回忆，而且新盖的中环码头缺乏美感，只是一个仿古的建筑，不是真“古”。为什么要仿古的？为什么不留住以前的钟楼呢？而且拆掉之后直接丢进“垃圾桶”里。如果是自己父母留给孩子的传家宝，自己会随便把它扔到垃圾桶里吗？这是很伤感情的。这座钟应该是一个文物，扔掉文物，不想留住过去的任何痕迹，就说明思维是有问题的。再说是要在拆掉的地方建商场，香港已经有太多的商场了，让人受不了。

张：你后来去巴黎，开始写作很多关于巴黎的文章。巴黎对你来说，是不是一个注定相遇的、更贴近你内心的城市？

陈：我刚毕业的时候在媒体工作，其实跟你有点像。之前我在英国念硕士，当时想留下来继续读，但是后来发现自己不想去学院，所以回来香港，再做了一两年，然后又不想待在这里，就去了台北。后来发现可以去巴黎，就花了一年时间学好法文。在巴黎的两年时光对我蛮重要的。

张：后来你又去了纽约？

陈：去纽约是因为当时拿了一个亚洲文化协会给艺术家、作家的奖学金去那边考察当代艺术。

张：你在许多城市流转，台北、伦敦、巴黎、纽约、香港，你曾写到："台北是一个有历史构成的地方，香港呢，也许从前没有历史，但现在肯定有了。"在你的眼中，巴黎的特质是怎样的？我刚从纽约回来，算是看了些浮光掠影，在你看来，纽约的感觉又是怎样的？

陈：我特别喜欢巴黎，法国人对于文化的重视是贯彻到了日常生活里面的，是体现在细节上的。不像在香港，你谈文化就煞有介事的，法国人讲文化是很理所当然的，很自然的，不需要刻意去谈，文化已经渗透到生活里面了。

纽约在短时间内成为一个艺术之都，二战后，纽约在60年代获得了艺术之都的头衔。纽约其实是蛮欧洲的，有来自世界各地的人，城市很包容。纽约希望自己看起来有历史感，因为纽约人知道这个城市的缺点就是没有太多的历史感。所以他们在规划和修建城市的时候就会有意识地去考量历史感的问题，从零开始，慢慢积累。纽约没有欧洲的那种包袱，历史感不是那么重，可以去反传统，去创意，去"艺术大爆炸"，之后形成的东西就变成了自己城市的"遗产"了。现

陈宁散文集《八月宁静》里的巴黎插图

在的纽约虽然“爆炸”的时光已经过去，但是你仍可以看到很多的可能性。而且经过了“9·11”以后，纽约人已经有了自己的伤痛，这种伤痛变成它历史的一部分。所以你不能说，纽约没有历史。

张： 我觉得纽约是有着多样性、多种可能的，这对于艺术创作是好事，伦敦则可能有一些 uptight（收紧）的感觉。

陈： 纽约就是很放松，不绕圈子，欧洲则有一些包袱。纽约会让外地人感觉舒服，在身份上感觉舒服，欧洲的中心主义，在纽约感觉不到，那里什么颜色的人都有。

张： 在挪威的时候，我一直觉得自己是一个“他者”，在纽约就可以很容易地开始一场对话，无论是在酒吧，还是在街上。

陈： 对的，纽约就是“easy come easy go”（来去容易）的。但是有时候这座城市也会变得非常轻巧，你要与它建立很深入的关系是不容易的，要扎根也是不容易的。所以有人讲在纽约头三年会觉得很迷失，好像什么都可以，反而什么都不可以。如果你熬得过三年的时间，能找到一种 attachment（依附感），就可以扎根，不然在那三年中你可能会迷失，会离开。纽约就是有这个特性，这也是对一个人的考验。

张： 你在台北的时候，接触了很多的作家、文人，是不是觉得他们在文化风格上比较靠近自己一些？

陈： 台北算是我最喜欢的华人城市了，文化的气息很浓，对文化很尊重。香港社会不是很重视文人，更重视商业成功人士；但是台湾却很重视文人，发生了什么大的事情，台湾人还会想听听文人的意见。所以在台北，文人是有影响力的，是一个珍贵的圈子。在台北你会感觉到整个文坛的脉络，我们这些喜欢文学的人在台湾会比较容易找到气味相投的人。

我就有蛮多朋友在台湾，大家可以谈文学、谈艺术。香港整体的气氛没有台湾那么好，在香港忽然去谈文学，或者在咖啡馆里写东西，别人会觉得你很别扭，很装模作样，很奇怪。但是在台北，很多作家都是在咖啡馆里写作，不会觉得别扭。我觉得香港比较不好的地方就是，谈文学变成一件非常不自然的事情了。所以在香港，"文艺少女"就好像是一个很奇怪的物种一样。

张：好像喜欢文学变成了一种讽刺？

陈：对，但是人可以有很多选择啊，而且我觉得爱好文学、爱好艺术也是一种基本的修养。在巴黎，你随便跟一个路人都可以谈文学，他们都会读书、谈哲学，都会去看展览，都不会觉得那是了不起的事情。但是在香港，如果你是作家，如果你说你喜欢文学，旁人听到后就会觉得很害怕，或者会觉得你很矫情。不过我在香港这座商业城市，宁愿成为一个小众。

张：用日常美学的态度，在你看来，巴黎会否是一个标准呢？我觉得巴黎对记忆的保留，正好与现在香港的不断拆建形成一个对照。

陈：巴黎人对细节的要求，对日常美感的重视，融入了每一天的生活中，体现在喝咖啡的时候、吃面包的时候，变成了一种日常的习惯。对于很多事物的美好细节的追求不应该是过年过节的时候才有的，而应该是一种日常生活的习惯。你关心的话题，你喜欢的作品，都不用煞有介事地去接触；你喜欢艺术，喜欢电影，不要一年才去一次美术馆；你喜欢有机食物，在日常买食材的时候，就自然地去关注有机食品，选择有机的食材；要认识到人的存在是很自然的状态，不要去标榜自己和装B。这些都是我所认为的日常美学。正如在巴黎的咖啡馆，我们可以随意谈尼采，聊一聊我们刚刚阅读的书。有一种人文关怀，是每一天都有的。美学的重要性是要在日常中体现的。

张： 我们都算是从自己的文化中被连根拔起过的人，在旅行的时候，在异地生活的时候，在另外一种文化里面，是不是可以看到一个真实的自己呢？

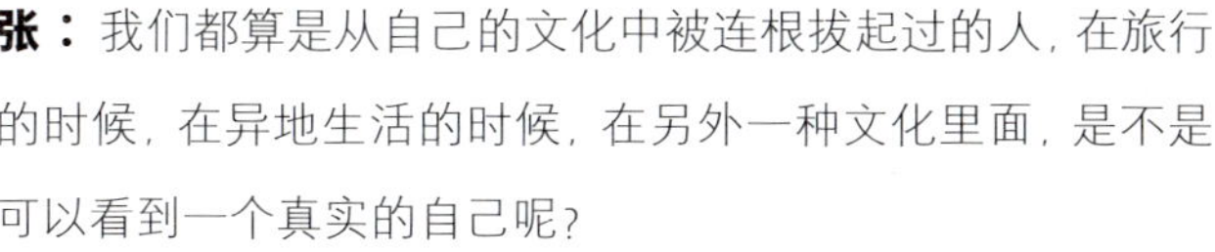

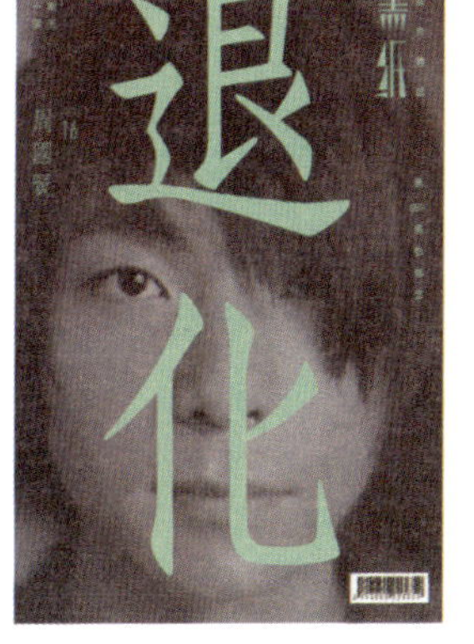

《黑纸》是港产的售价仅一港元的一张纸的杂志，每周五出版，体现了香港在一种"快速"中经营文化的特点

陈： 那是不是更加真实的自我，我不敢说，但是人在移动的时候，感觉会很敏感和丰富，对一些事情的看法，因为移动，会有所不同。人在移动的时候，是很自然地往外想的，会从外面来透视自己。移动时候的我，感觉层次会比较丰富。但是也是要看所处的人生阶段的，当你已经经过了人生中很丰富的阶段，你会在一个地方往内深挖去思考。年轻的时候，移动会让你变得敏锐；年老的时候，往内思考会让你变得深刻。

张： 香港有没有自己的文化？

陈： 我觉得是有的。我不是在抱怨城市，但香港太小，努力生存的时候，会把某一个部分的价值抬高——现在的香港把商业的价值、土地的价值抬高了。香港的文学和文化可能不是整个社会里处于主导地位的，但是也存在，是这个城市的一部分。而且香港在中国的南边，一直以来都是中国的窗口，以前也有好多从北方来的文人在香港待过，比如萧红、张爱玲，大陆的作家也会带他们的文学到香港，香港也有自己的本土文学。我觉得香港的文化就是一种混杂的存在，和大陆的城市相比，它比较早去接触西方的思潮，不是一般的广东的城市，有很洋气的部分，也有很广东的部分，层次是很丰富的。我离开香港后，也会很想念香港，因为它有一种很强的生命力，这也是香港文化的一个特点吧。香港是很快速的城市，一直催促你去改变，向前打拼，这其实也是一种很可贵的文化特质。

张： 你说你回到香港，就会去喝一杯熟悉的奶茶，依靠味觉来记忆一座城市，也算是一种乡愁。这几年，你以前常去的茶餐厅有没有被拆掉？

陈： 还好，都还在。我觉得茶餐厅会一直存在，不会倒的，因为那就是香港庶民日常交流、生活的场所，类似于巴黎的咖啡厅，是我们的平民食堂。可能会做一些改变，比如现在出现了“翠华”，经营一些西式的食物，以前的“冰室”也慢慢改建成新式的茶餐厅，但是茶餐厅文化本身就是香港城市文化的一部分，是不会消失的。

张： 现在在香港，有喜欢去的街区吗？

陈： 我喜欢去中环老街区和上环的老街，我喜欢老香港的味道，比如中环街市、卑利街、歌赋街的感觉。

茶餐厅是香港的平民食堂

亦是陈宁喜欢的城市区域

中環街市
CENTRAL MARKET

香港

Chapter 8

夕阳犹在，回环往复的古着味道

如果把时间拉扯成一条长长的曲线，2005 年，是这条曲线上一个隆起的高点，因为在那年，我第一次去香港，因遭遇和感受到很多与时装有关的事物而兴奋不已。那时候，除了电影，时装是另外一个兴奋点。2005 年的香港，是一个时装信息的聚合之地，世界各地的时装品牌点缀了香港的购物大道，香港本土的时装设计又呈现一种蓬勃的让人欣喜的状态。那个时候，我还没有开始写很多的时装评论，时装于我来说是一种纯粹的兴趣，不涉及专业术语，不关乎人情世故，一切都与眼缘和个人旨趣暗合。自然，我要感谢香港，因为在远赴欧洲留学，去到巴黎、伦敦、安特卫普、哥本哈根这些时装城市，去和一个更加庞大的时装体系对话之前，香港，无疑是一个启发和铺垫。在时间曲线的高低起伏中，有那么多隐匿的跳跃和灵动时刻都和香港有关，从回忆里抽出来，是可以非常甜蜜的。

如今，即便香港可能已经不像 2005 年那阵，能即刻给我最大满足，变化中的香港依然是一座和时装以及时装文化紧密相连的城市。这里可以迅速吸纳一个时装品牌，再快速建立一个品牌在香港的店铺，再以过人的精力去消化，或者将其本土化。香港把很多时装品牌的概念成功推广到了亚洲其他的城市，而香港作为自由港，自己的创意和时尚产业又受惠于耳濡目染的西方模式。香港把这些东西快速整合，拿到自己的创作中去，演变出具有独特风格的香港本地时装风景。“自由行”开始后的几年，香港时装势力亦把这种快速消费和认知时装内涵的精神传递到内地，使得时装本身不仅是被消费的物件，还成为香港文化的另外一个注解：时装是生活，是态度，是买卖，是拜金，是摩登大都市的一种自我认同。那些依然留在我脑海里的，很多年前我在香港撞到的时装人物的风采，是历久弥新的，他们不仅会打扮自己，还把香港风格以一种很 Hybrid（多元的）的方式呈现出来。

2005 年的型男索女

2005 年我为一本杂志写关于香港的文章，选题叫作“香港型男记”。香港的美和活力都在那些年轻的生命中，它的时尚、它的魅力、它的变换，就在那些行走中的男男女女的衣饰里。

“型男索女”——以前流行的时尚词汇，有些“秀”的成分和自恋的味道。2005 年的香港杂志拿这个词做足文章；认同物质消费主义的城市男女，都渴望变身成为“型男索女”。那一阵，“型”是一个很流行的词汇。（2011 年香港又出了另外一个很难用中文表达出来的词“Choy”，形容时尚男女身上的一种时髦、有态度和想法的穿着打扮。）2005 年的香港，时尚的定义是非优雅、非造作、非华丽、非另类、非颓唐的“型”。“型”，或者“有型”，成为时尚流行的身份标志。我记得，当年的“自由行”队伍里，很多内地的女性在香港开始享受名牌手包、香水、成衣。她们置身于香港，似乎也开始留意身边的男士，顺应一种消费主义的发展趋向。东方文明从不吝于用外表的庄重绚烂来表现自己，个人荣辱在某种程度上被和个人穿着画上了等号。

我记得，2005 年前后，在穿衣风格里，应该是“华丽摇滚”占据上风。其时美学指标里有 Grunge[1]，亦有设计师 Hedi Slimane（艾迪·斯理曼）打造的纤细华美的都会男人形象。在这种新古典主义乐章里，Hedi Slimane 的男人以一种摇滚般的味道给时尚下了新定义——一种基于男性美学的新

Hedi Slimane 离开 Dior Homme 后以摄影师身份存在，他把他开创的华丽都会颓靡风格带到了自己的摄影作品里

1　Grunge 又称 Grunge Rock，中文名称为垃圾摇滚、邋遢摇滚，或油渍摇滚，是摇滚乐的一种风格形式。

视觉艺术。那时尖沙咀半岛酒店的那家 Dior Homme 专营店，生意一直火爆。人们经过店铺，会不由自主地欣赏橱窗陈列以及那些白色男生衬衣映照出来的一颗叛逆的心。黑白调子的 Dior Homme 世界，是对以前的型男美学的颠覆，这种颠覆持续了好几年，它宣扬的中性、瘦削、华丽颓唐风格，捕获了很多人的时装心。2005 年的香港时装杂志又说，"男人不是因为靓仔而性感，而是因为性感而靓仔"，"世界上没有不性感的男人，只有懒惰的男人"……青蛙王子的童话故事不是在每个人身上都可以发生的，一万个男人中只有一类男人的时代被时尚社会所唾弃。但是男人不会美丽，不能妖艳，无法胭粉，所以在 2005 年的香港，"型男"这个词汇最贴切，最妥当，把一切好的、坏的，in 的、out 的，温和的、冷峻的，迎合大众的、剑走偏锋的都概括统一了。

加连威老道在 2005 年是可以撞见型男索女的地方。那个时候，这条街汇集了港产时装和年轻人喜欢的日本品牌，一派红火热闹，入夜了还有跑车在街中跑过，街口那家"回旋寿司"店永远有人在排队。你会迎面撞见的型男

广东道上的海港城是尖沙咀购买名牌的地段

行走 tips / **半岛酒店** / 尖沙咀梳士巴利道 22 号 / **海港城** / 尖沙咀广东道 3~27 号（尖沙咀名店汇聚的地段）。海港城可分为以下 4 个购物区，**购物区 OT-** 即海运大厦。这里在 2002~2004 年时曾进行过大规模翻新，现分为地下的 kid-x、二楼的 sport-X 和三楼的 LCX 区域，分别提供儿童用品、运动用品和年青人服装。**购物区 HH-** 即马哥孛罗香港酒店商场。这里有连卡佛在香港的旗舰店，还有电影院。**购物区 OC-** 即海洋中心。这里有全球名气数一数二的品牌 Louis Vuitton、Gucci、YSL、Prada、Chanel 等，形成了一条名店街。**购物区 GW-** 即港威商场。这里有嘉禾港威电影城、食肆、大型超市 city'super 及 Page One 书店。

2005年的加连威老道上的时装海报

一般20岁上下，穿着风格从日本里原宿到美国街头不等的随性搭配的T衫和仔裤。香港年轻人中意的T衫图案各异，或者简约，或者夸张，色调多变，适合展现自我性情。他们的发型会照着东京的《流行通信》杂志来做，每天出街前用发蜡抓一抓，再给自己打一两个耳钉，就会成为杂志上谋杀菲林的"型男"。而在加连威老道的型男时装店内，店员和店面装修也"型"得够劲。

在2005年，你可以在加连威老道的TAKE5[2]牛仔裤店铺第一时间看到东京当季Evisu牛仔裤的款式。我和老板聊天，发现原来老板Benny Seki经常去日本看时装秀，参加活动，保持时尚触角和年轻心态。你还可以到另一边，走进B—Sound这家很多香港明星都会光顾的hip-hop[3]店。那时连20岁左右的周杰伦来香港都会到这里买衣服。和这条小道上所有的时装小店一样，店内播着动感十足的音乐，会让你有点想跳舞，年轻真好。

我的第一件5cm[4]衣服即是2005年在加连威老道的5cm店买到的，2012年夏天还可以拿出来再穿——时尚有时候只是十年一个来回，五年一次翻新，炒一炒陈饭，拿旧时光来一段插科打诨。我记得当年走入香港i.t旗下的izzue店铺

2 TAKE5创立于2000年，当时的店址位于九龙佐敦伦敦广场一楼，初期只是一家独家售卖日本牛王品牌EVISU、DryBones、GARDENER及StormyBlue的店铺，后不断引入大量高质量的日本牛仔，并以宣扬"日牛"文化为目标。

3 嘻哈，西方现代流行音乐的一种样式，也指与此相关的服饰风格和生活态度。

4 香港本地时装集团I.T旗下的一个品牌。

时，暗色调的 Grunge 潮铺里从 techno[5] 变为懒洋洋的爵士和 bosa nova[6] 的店内音乐将我包围，我在那里看打扮一样“型”的店员和顾客进出，感觉一切都很赏心悦目。如今再去加连威老道，不会再走入 i.t 的 izzue 和对门的 5cm，情态和青春都过去了。

可能越是得不到的才是越值得玩味的，当一样事物变得触手可及，就会泛滥。时尚世界最容易出现泛滥之势，所以那些不食人间烟火的设计师品牌才会存在并受人称赞。在 2006 年的香港，我才真正接触到很多有着神秘光环的名字：第一次拿起 Maison Martin Margiela 的真衣，见识到比利时设计师 Martin Margiela（马丁・马吉拉）的魔术手的魅力；久久站立在尖沙咀山本耀司的橱窗前，为橱窗里男模身上的那

5 即“高科技舞曲”，一种用电脑、合成器合成的，有各种特殊音效的舞曲。

6 波萨诺伐舞曲，一种类似桑巴的巴西爵士乐舞曲。

一身层次丰富却简单犀利的黑色套装而赞叹；第一次感受到川久保玲的时装世界里那种在泥沼之中，孜孜不倦找寻一个强大内心的努力；爱上拥有土耳其和塞浦路斯血统的英国设计师 Hussein Chalayan（侯塞因·卡拉扬）的未来主义作品，看到被他裁剪出硬朗影子的银色简单裙身，感叹这个先锋、奇才果然是我在时装杂志上读到的样子；欣赏当年还未入主 Louis Vuitton（路易·威登）男装的 Kim Jones（金·琼斯）自己的男装系列，那些男装往往有一个粗大的轮廓，但是穿上身后，又给人一丝玩耍后的成熟气质；在铜锣湾京士顿道的 Vivienne Westwood（维维安·韦斯特伍德）专营店被一种难以归纳的愤然气息震撼，那里面的英国朋克心，似乎正与香港那颗跳动不停的心相呼应；喜欢上"比利时六君子"的 Ann Demeulemeester（安·迪穆拉米斯特）和 Dries Van Noten（德赖斯·范诺顿）——一个有着哥特式的颓废忧伤，一个有着优美得无以复加的烂漫不羁。我在香港买便宜的潮流杂志《Milk》，看黄伟文的时装专栏，其中有一篇讲当年黄伟文去比利时的安特卫普的经历。照片上的黄伟文年轻精神，有着光亮的头颅，倚在安特卫普街头的街灯下，有种独特气质。那时我站在香港的街头，读杂志，想起那些时装启蒙的点点滴滴，决定以后一定要去安特卫普。2009 年的秋天，我在安特卫普，想起香港，感觉时光荏苒，抓不住流年。所以请保存那些珍贵的回忆和最初的感动，留到日后，即便与过去隔着天涯海角，依然可以用一个靠近的姿势，获得内心满足。

　　那些好年华里的关于时装的悸动往往来自于尖沙咀的

那家"新港中心"。当年，这间商场里的 I.T[7] 里有欧洲很偏门的设计师的作品，包括我们现在已经很熟悉的 Comme des Garçons[8]、Yohji Yamamoto[9]。拿电影的新浪潮来做类比，川久保玲和山本耀司就是时装的新浪潮，其线条和风格都是耐人寻味的，是富有哲学思辨的创作。我曾在 I.T 店里和朋友讨论 Tsumori Chisato 的印花美态，津森千里这个名字本来就有着充满禅意的画面感。这几年，时尚世界每每都有印花，反反复复，不一而足，但给我的感受都不及当年看到津森千里的那种感动。我在 I.T 里还第一次看到一些冷僻的北欧时装品牌，比如风格简洁、质量优良的瑞典高端品牌 Acne。后来，在我在北欧生活的两年时间中，我没有停止过对北欧时装的自行研习。

2008 年离开亚洲前，以及 2011 年从欧洲返回后，再到新港中心，有一些散落的角落还能不时让我记忆起当年对时装的狂恋状态。现在的我已平静许多，最多捧场法国极简主义品牌 A.P.C 的那间店，但买得也并不多。新港中心里那家 D-mop 店里依然有山本耀司的 Y-3 系列，还引进了颇有穿着难度的比利时裔德国籍设计师 Bernhard Willhelm（本哈

7 香港本地著名的时装集团，旗下的 I.T 代理欧美时装奢侈和先锋的品牌，i.t 则售卖香港本土的时装品牌和一些年轻的日本、法国品牌。

8 日本时装设计师川久保玲设计的品牌，简称"CdG"。Comme des Garçons 是法语，意为"像小男孩一样"。

9 日本时装设计师山本耀司的名字，亦是山本耀司这个设计品牌的名字。

从海港城窗户边看到的维港夕阳景致，好几年都没有太大变化

德·威荷姆）的作品，以及“比利时六君子”之一的 Walter Van Beirendonck（沃特·范拜·伦东克）的成衣。当年 Bernhard Willhelm 到香港 D-mop 出席自己的品牌落户派对，英俊的面孔和一身健美的肌肉在照片中定格成永恒。如今，已过中年的 Bernhard Willhelm 好像也处于游离状态，怕是无心再战时装江湖了吧。

现在，我可能直接忽略新港中心，一股脑跑到对面的海港城，去港威商场三楼的 Page One 书店买一堆的时装、设计和生活类杂志。我在海港城的一扇落地窗前看到维港的一片夕阳景色，时装世界的幕起幕落，正如这一派夕阳景观，过去的绚丽，是旋即消逝的浮华，新的景观还在酝酿，在经历黑夜中的等待后，会再次绽放美丽荣光。

行走 tips / **新港中心** / 尖沙咀广东道 30 号。

2011 年的古着欧陆

欧游后，2011 年再回到香港，已过而立之年，对香港已熟络，虽依然喜爱，但已不会再有当初的悸动，有的只是一种回味、一种对比的心态。整个欧洲的学习和生活改变了很多内心想法，人生得到一次新的升华，而香港还是那一个香港。虽然当初热衷的日本街头、东京原宿美学早已渐次远去，但幽静小道中依然有惊喜。年轻人始终在挖掘城市肌理锻造的时尚乐趣，这种乐趣是西式的，但又不只是对西方的纯粹模拟。在欧洲，人并非需要过锦衣玉食的生活，我们热爱时装，就是热爱设计师的那份执念，热爱衣饰与生活摩擦出的火花。我贪恋旧日，喜欢叙旧，钟情于古着感，但不要"古着品"——古着品是"香港米兰站"里售卖的二手名牌手袋，是历史博物馆里的一件年代久远的高级定制礼服；古着感是一种品相、一种美学指标，是中环被拆掉的天星钟楼的绝响，是一种华丽沧桑、美术气息浓厚的破烂感，是后工业社会极度浪漫的一种自审，是一个逆潮流而动的自我命题。在香港的时尚界依然可以觅到古着感，在自成一体的时尚产业中挽留城市余温与时间维度。

时间过渡到 2011 年秋冬，巴黎的 Maria Luisa（玛丽亚·路易莎）亲身到港，为自己的 selective boutique[10] 时装屋新一季 collection（时装系列）做宣传。试想一下，香港有那么多的购物场所和时装品牌，港人大概没有时间和精力一一看过来。如若有买手和拥有慧眼的人士帮忙选择各品牌每一季的精品，再放到统一的店铺中售卖，就可以让顾客省下很多闲逛的时间，一次看尽一季的佳品。这样的乐事由 Maria Luisa 做起来，一做就超过 20 年。她和丈夫 Daniel Poumaillou 在 1988 年于巴黎组建的 Maria Luisa 时装店铺一直坚持自我的选择风格，对年轻、才华横溢的设计师情有独钟，直接为他们提供售卖场所。所以 Maria Luisa 在巴黎时装界也是一个个性鲜明的 icon 级人物。想当年，她在巴黎的第一家店铺就开设在法布道（Faubourg Saint Honoré）这

10　时装买手有选择地购买收集货品的时装店。

条多年来一直为各时装品牌所钟爱的巴黎街道上。20 世纪 80 年代末，Maria Luisa 挑选了来自英国的 John Galliano（约翰·加利亚诺）、Vivienne Westwood 和 Alexander McQueen（亚历山大·麦昆），以及代表了一个时代的比利时设计师的作品，而她又最为推崇 Martin Margiela（马丁·马吉拉）、Ann Demeulemeester（安·迪穆拉米斯特），并对当时刚崭露头角的日本新设计风格也宠爱有加——Issey Miyake（三宅一生）、Yohji Yamamoto、Comme des Garçons 都是当年 Maria Luisa 的店力挺的品牌。

从巴黎到香港，跨越 20 年，当年被 Maria Luisa 选择的设计师们已经在这过去的 20 年深刻影响了我们身处的时装世界。Maria Luisa 的独立、坚持以及独到的品位没有因为商业压力而改变；相反，她的推波助澜成就了这些当年还是先锋设计师的大师们的商业地位，也成就了自己的时装王国。2004 年，Maria Luisa 第一次在巴黎之外开设时装店铺，首选地就是香港。这家位于铜锣湾利园商场二楼的 Maria Luisa 店铺，在选货上和巴黎店铺没有太多区别，按照 Maria Luisa 的话来讲，是要把一种巴黎的时髦和优雅带给香港女性。

时间来到 2012 年，利园的 Maria Luisa 店铺将 Maria Luisa 对时装世界的现代性和年轻天才的理念的不断挖掘良好地贯彻了下来。在这里，我们可以看到 Rick Owens（瑞克·欧文斯）、Nicolas Ghesquière（尼古拉·盖斯奇埃尔）、Riccardo Tisci（里卡多·堤西）的作品，亦能瞥见也许会在下一个 20 年引领潮流的设计师品牌 Christopher Kane（克里斯托弗·凯恩）及

Olivier Theyskens（奥利维尔·泰斯金斯）。这些翻飞的欧陆时装印记，经由本地时装买手、时装评论者和时装精们的演绎，在香港流传成为一种"城中话题"，影响了香港时装的独立品格。我记得 2011 年，Maria Luisa 店铺举行秋冬新品秀时，香港时装人黄伟文对媒体说，他自己非常喜欢 Maria Luisa，有时间还会来这里挑选大尺码的女装给自己。在香港，时装是城市文化的一个层面，势头有如古着质感的回环往复，不露一丁点疲态，还年轻并犀利着！

行走 tips / **Maria Luisa** / 铜锣湾利园商场（The Lee Gardens）二楼。

从 2005 年到 2012 年，我的书柜里收纳了不少香港杂志，最后大多送人或者卖掉。某日忽然翻出 2005 年 4 月《Jet》，里面有对一群年轻人的采访，问他们对 10 年后的生活的想象，22 岁的 Nicholas 说，"希望 10 年后已经到过南美。10 年后可以去马来西亚住，开间画廊，做潜水教练，每星期起码潜 3 次水就好了"；27 岁的 Humphrey 说，"空闲时间爱做什么就做什么"；型男 Mike 说，"自己做人很少想那么远"。不知当年这些接受采访的人是否已经在实现自我理想的道路上前进了……我喜欢香港的态度，而时装就是一种态度，再过一个 10 年，要再回首……

Chloé
LA MAISON DU CHOCOLA
PARIS

Chapter 9

黎坚惠，守望20年时装之河

YVES SAINT LAURENT
rive gauche

我在北欧学习的时候开始阅读黎坚惠（Winifred Lai）。之前不知道她，偶然知道有一本与时装有关的书《我的时装时刻 1987 ～ 2007》，出自一个香港本地的时装评论家，于是产生了兴趣。看完这本书，觉得黎坚惠的写作如她本人二十多年身体力行实践的时装生活哲学一样，非常深刻，又非常合我的口味。一座城市，会因为有一些认真思考的文化人而变得生动，充满灵气。一直在做着关于时装的思考性工作的黎坚惠小姐无疑是这样的文化人。而香港，无疑是这样的城市。

《我的时装时刻 1987 ～ 2007》绝不是一本购物指南，或者肤浅的堆积时装品牌的册子，它所包含的回忆梳理、自我审查和往事回顾，牵扯神经，展露了作家自己的内心情感。阅读这本书，可以跟随黎坚惠小姐回到巴黎或者安特卫普，看到 20 世纪 90 年代到新世纪以来，一个时装研习者的成长历程。书上那些"九七"前后的旧照片，展现了香港的城市背景，而时装本身又和时代变迁与城市发展有联系，所以《我的时装时刻 1987 ～ 2007》亦算是认识香港的一个文本。

正如黎坚惠在序言里所说的，这不是一本时装书，"而是关于某个时空里的我、我所遇到的人、所见识过的香港，而这几样都无独有偶地跟时装扯上关系，然后时装又将我带去认识另一些人，另一些地方。"她在前言《趁记得》里感叹好时光，而我也有非常类似的感受：对时装的兴趣，带我去到了新的国度，见识了新的思路，把我曾经的欧洲生活变得落英缤纷，充满个人色彩。

我一气呵成读这完本书，过程中有一种倒带感觉，把沉淀的昨日心情都一一打捞了起来。我不是单纯被这本书的文字和故事打动，我是被自己的过去再次打动。正如当年第一次到香港，站在维多利亚湾，内心升腾的那种飘荡意识和一个人上路的果敢坚持，在多年后再次站到维多利亚湾时，一下子又回到心间。

在我写作上一本书《孤独要趁好时光：我的欧洲私旅行》的时候，我翻到《我的时装时刻 1987 ～ 2007》，看到 1992 年的老照片上，黎坚惠和林奕华身着一身的 agnès b，坐在巴黎的街道上。1992 年的黎坚惠去了巴黎的 Jour 道，而我和朋友也曾在那里望见教堂外有着旧日格调的 agnès b。书中提到的 1994 年的香港杂志《Amoeba》像是我做过的一本广州杂志的前世，在版面和话题上都很像。由此我想到当年制作杂志的时光，那种对香港的倾慕和对香港风格的模拟，都成为一种逝去的美好情愫。在书里，黎坚惠还记录了《号外》杂志那一期主题为"雌雄同体"的特别刊，杂志封面有黄耀明、林奕华和黎坚惠自己，灰白的色调中，有种荒凉和决然。不难相信，早年的《号外》杂志在香港文化圈内营造了一种欣欣向荣的景象，

黎坚惠小姐写"当时香港的繁荣是出名的，香港的靓人也是出名的……回归后，最大的转变，是再没有靓人。即使有五官标致的，态度和气质总是很差，或觉得自己好靓，再没有样靓态度又靓的靓人了"。1994 年的时候，黎坚惠在 D-mop 店铺挖掘了卖鞋的 Raymond，"那光环叫人不敢直望太久，一种像天使的光。"如今，D-mop 店还在，但是闪光的灵性时装人物，可能很难撞到了。1994 年，王菲和梁朝伟在《重庆森林》里演出了一种幻异的爱情，黎坚惠则把一切都抛掉，带上盘缠去巴黎学法语，"直至盘缠用光"。她回忆道："很多香港人不喜欢巴黎，觉得陌生又不实际，不是港人喜欢的那种蔚为奇观或者大件夹抵食；但随便在街上买个纸盒相机拍照，照片都像剧照。"此话说到我心里。

行走 tips / **D-mop** / 铜锣湾京士顿道 8 号；尖沙咀广东道 30 号新港中心（Silvercord）/ http://www.d-mop.com.hk/

当年我在巴黎，觉得每一处都是电影中的样子，直抵内心。如果人总是想按照自己的心意生活，追寻自我的梦想，必然要作出很多放弃和牺牲。

黎坚惠在1997年1月的《Amoeba》杂志上写"编者话"："1997早已来临。1997咗[1]10年不止。"港人心里对于未来的不安，投射到了这期杂志上，配合"编者话"的服装片，有一些让人摸不清头绪的是时空错乱感：穿工作服装的男模特身上有着一种未来感，女模特的装扮则有中有西，或欧洲，或日本。杂志里又提到，"高科技时代如何调节人情冷暖"——用时装术演绎科技对人的"异化"——这大概是20世纪90年代中期的一个文艺话题。像这样，黎小姐主理的杂志用时装道出大时代变革前的一些复杂情绪。

1998年，黎坚惠踏足安特卫普，她在安特卫普感叹："在街角徐徐一站，都已是一幅风景。"1998年年尾的王菲演唱会上，那些闪亮的裙子来自王菲的造型师Titi Kwan亲自去安特卫普的Louis店选的货品。黎坚惠写Louis店，Titi Kwan和王菲则把比利时设计师Bernard Willhelm（本哈德·威荷姆）的作品顺理成章地带到香港，穿戴在香港人的眼前。在书里读到黎坚惠和年轻的Bernard Willhelm的一面之缘，那幅老照片上，本哈德·威荷姆简直有一种醉人的美！黎坚惠笔下的"安特惠普"[2]竟然和我的安特卫普有那么多重叠的质感，那大约都是时光印痕吧……

设计师Manolo Blahnik曾亲自到香港出席品牌活动

著名鞋履品牌Manolo Blahnik（马诺洛·伯拉尼克）[3]在香港中环置地广场开设了店铺，近几年再度扩展在香港的版图，把店开到尖沙咀的海港城、铜锣湾的连卡佛。黎坚惠

1　粤语中表示动作已经完成的助词。

2　香港翻译Antwerp为"安特惠普"。

3　马诺洛·伯拉尼克是时装界的传奇人物，并被誉为世界上最伟大的鞋匠，Manolo Blahnik是他创立的奢侈鞋履品牌。

在书里写到这一境界颇高的鞋履品牌，让我想到，Manolo Blahnik 走红天下，不是因为《欲望都市》（《Sex and the City》）里女主角凯莉（Carrie Bradshaw）对它的朝思暮想、爱不释手，而是因为 Manolo Blahnik 是优雅与性感的完美结合体，按照黎坚惠的话来讲是 fashion victim[4] 们的一大劫数，让爱它的人在劫难逃。Manolo Blahnik 的店铺一点不出奇，虽然每次看到 Manolo Blahnik 的高跟鞋，我就想到凌厉的豹纹图案、奔驰的黑色马匹、斑马纹路，以及一种奢靡享乐情景。黎小姐写，和 Manolo Blahnik 有缘的香港人包括 1995 年的张曼玉，她当年穿一双尖头高跟 Manolo 在香港大会堂跳舞。时隔数年后，黎小姐约了张曼玉拍杂志封面照，张小姐踏了一双白色矮跟的 Manolo 出场。天空洒了一阵雨，张小姐紧张地说："希望我的 Manolo 不会泡汤！" 香港本地美术指导张叔平也是 Manolo 的粉丝。当年王家卫拍《重庆森林》，林青霞风衣假发加墨镜，好肃杀，但别忘记她也穿了 Manolo，在雨中走了一夜。金城武为她脱下那双高跟鞋时，导演不忘给 Manolo 的靓影一个特写，这可能要归功于美术指导张叔平吧。

让人在劫难逃的还有 Christian Louboutin。2004 年章小蕙在杨凡的电影《桃色》里连续脚踏几双 Christian Louboutin 高跟鞋在楼梯里走来走去，展现三分诱惑。黎小姐笔下的章小蕙，有着与其外在形象截然不同的坚韧和豁达，让我觉得惊喜。黎小姐拿了一串词语来形容章小蕙和时尚的孽缘：fashion holic、fashion whore、fashion victim、

4 时尚受害者。

↑↑ Manolo Blahnik 和 Rolando Santana 合作 2012 春夏系列

Manolo Blahnik 鞋履

Manolo Blahnik 与 J. Crew 合作的 2012 秋冬系列

fashion encyclopaedia、fashion guru、fashion icon、passion for fashion[5]。这些词用在章小蕙身上都很贴切。章小蕙拍了《桃色》后，于 2005 年移居美国，她丢下一句话给香港："买衫留给自由行！"

行走 tips / **Manolo Blahnik** / 中环置地广场（The Landmark），中环毕打街 11 号。

八卦记者喜欢黎坚惠在书里写到的自己当年和刘嘉玲、林夕、张国荣、王菲交集的故事，以及和黄耀明、黄伟文、张曼玉的深厚交情，这些故事，在黎小姐笔下却都是散漫的，常常被一笔带过。在书里，黎小姐直接把当年邀请张曼玉担任香港本土品牌 izzue 的创意总监时张曼玉的英文回信刊登了出来，直白明晰。这让我想到了早年张曼玉在许鞍华的电影《客途秋恨》里的英国毕业生形象——英文好得很，内心又保持着一种低调，而低调的华丽质感就是黎坚惠的"时装时刻"里让人动容的东西。低调和对个人质素的坚守是浮躁时尚世界之外的珍品，如若你本身就活在这个浮华圈子中，那就更加可贵。自我，真是越来越可贵和少见的品质了。

黎坚惠又写："买名牌的人多，穿时装的人少。时装与名牌本来是两回事，我喜欢时装整体的变身能力（transformation power）。有个别设计师讲心灵倾注，令我透过物质而接收，从而得到个人的提升。"可惜大多数人，最多只能穿一件空荡荡的名牌而已。当年黎小姐爱极设计师 Helmut Lang（海尔姆特·朗）[6] 的结构感极其棒的作品，一件 Helmut Lang 的

5 时尚狂、时尚妓女、时尚受害者、时尚百科全书、时尚教主、时尚偶像、热情的时尚人。

6 海尔姆特·朗（Helmut Lang），出生于奥地利的时装设计师，1977 年置身时装圣坛巴黎，1998 年摒弃一切根基迁至纽约 SOHO 与美式现代简约设计亲密接触，2003 年重返巴黎，2005 年 1 月离开自己一手创建的品牌，自此与自名品牌完全脱离关系。

香港和伦敦的双城关系，在黎坚惠的书里若隐若现，现实里，在香港创立时装品牌的英国设计师 Anthony Hill 印证了这种关系。图为男装品牌 Hill 2012 春夏宣传画。

作品穿到舍不得脱下。我知道这是对于时装的最为单纯和真诚的热爱。当 Helmut Lang 不做时装后，原初悸动的内心忽然变得空白，找不到寄托。不是我们贪恋旧事，而是现实的改变太迅速，只留给我们一种流逝感，伸出去抓握的手是徒然的……

黎坚惠的时装 20 年，被挖掘的记忆是如此清晰，被再度书写的人事、历史、心情是如此深刻，即便只是一次轻浅的回首亦充盈着饱满的情绪。感谢黎小姐在过去的 20 年里，一直记录和保存有着香港感觉的时尚风貌。时装如果与个人的刻骨经历联系起来，便能催生出一股跨越山水的力量。到了今天，我们仍可以在香港满街的时装品牌店铺里游走，抱定一颗发现未知的、如饥似渴的探索心，去享受在香港买物的乐趣——这种乐趣不太为人所理解，来自一颗敢于另辟蹊径、不轻易盲从潮流趋势的内心。

还好，香港，依然可以满足挑剔的时装精们脆弱的内心。因为，她总有惊喜奉送！

Chapter 10

遁入时装中的文化隧道

I.T
I.T
rcival Street
斯富街

位于铜锣湾希慎道的I.T新店铺“I.T Hysan One”仿佛是一个巨大的魔力盒子，自2011年4月开业以来，已成为香港城中潮流人士的新聚点。这座有着4层容量的I.T店铺集合了I.T此前已经代理的几乎所有高端和潮流品牌，又新引进了一些此前未进入过香港时装市场的欧洲和日本品牌。I.T Hysan One在设计和定位上力图营造一种标榜时装艺术和设计生活的空间氛围，不仅为消费者提供了一处购物场所，还给大家打造了一个富有实验精神和创新意味的时尚乐园，让热爱时装的人士体味到不同品牌组合而成的、具有先锋态度的品格。

X04

我得知 I.T Hysan One 要开业，并且要开在铜锣湾的希慎道时，觉得这是一件很带劲的事。我当时已有3年没去香港，亦不知道此前给我很多惊喜的"香港 I.T"可以玩出何种花样，只是觉得，希慎道本来就不算很嘈杂的铜锣湾地段，只要稍微远离时代广场和崇光百货，就会多出一份闲情，适合让人去发现、体会铜锣湾隐藏的其他乐趣。希慎道自 1997 年开出一个利园，就已经成为一个低调的奢华时装地段，现在又加入 I.T Hysan One，必然会充满一种放肆和年轻的潮流意味。我于 2011 年 4 月再来香港，就正好遇到 I.T Hysan One 开业。那时公车上涂染的 I.T Hysan One 开业宣传广告，走的是黑色的 high fashion（高端时尚）路数，以概念摄影、哥特味道的黑色为亮点。后来去 I.T Hysan One 参观，到了三楼，立刻看到里面陈列的英国新锐设计师 Gareth Pugh（加勒斯·普）[1] 的作品。虽说衣如其人，但我觉得加勒斯 · 普本人更加具有风格——瘦削高挑，一身浓烈的英国美学味道。他的标志性打扮包括黑色细腿铅笔裤、黑色宽松上衣，以及黑色眼线和黑色指甲油。在 I.T Hysan One 看到 Gareth Pugh 当季真衣，自然很兴奋，哥特和前卫的时装设计，是我喜欢的调子。他应该是最近几年在欧洲非常受瞩目的新星，其剪裁与颓废的造型，透露着另外一种叛逆的奢华感觉，倒是和 I.T Hysan One 这家时装店的整体风格很搭调。

如果要追溯 I.T 集团的历史，可以回到 1988 年。I.T 集团成立于 1988 年，由一间销售外国流行品牌的小店 Green

1 1981 年出生于英国，是继约翰 · 加利亚诺、亚历山大 · 麦昆后备受瞩目的英国时装设计师，其华丽、诡异、哥特的风格常常成为时装界的话题。

I.T集团出品的高端时装杂志《I.T Post》每一季都制作精良，时装片是其最大看点，充分说明香港时装和世界潮流的自觉呼应

Peace（绿色和平）发展而来，经过二十多年的发展，受到众多时装爱好者的支持和拥护。Green Peace 在 1997 年正式更名为 I.T 集团，并逐步发展为香港规模最大的时装集团之一。不过内地时装爱好者了解 I.T 集团大概是从其下面的分支 i.t 开始的，因为 i.t 作为 I.T 集团下面经营年轻潮流品牌、香港自产时装品牌（诸如 5cm、izzue、b+ab、Chocolate）和一些日本潮牌的支线率先进入内地市场。故此，I.T 集团旗下店铺主要分为英文大写 I.T 和小写 i.t 两大类别。I.T 经营的时装品牌主要为来自世界各地的高端奢侈品牌，如 Miu Miu、Jean Paul Gaultier、Dirk Bikkembergs、Cacharel、Hussein Chalayan、Anna Sui 等。I.T 集团成立至今，已成为推动香港时装文化发展的中坚力量，它通过在香港设立不同的概念店，展示国际 T 型台上最新的流行元素，并用前卫创新的店铺设计吸引各路明星和时装爱好者。在我的印象中，2005 年到 2008 年，I.T 集团下面的香港店铺是我吸取时装

养分的良好场所；而在时装潮流文化一路向前的现在，新开的 I.T Hysan One 给人更多期待。

I.T Hysan One 店铺由来自日本的著名设计师 Masamichi Katayama 主理设计，包括地下一层一共有 4 层空间。设计师想在整体设计中突出优雅独立的感觉，所以在地下一层的男装区域采用了黑色暗调风格和简单的内部摆设，并采取内部间隔空间的方式，划分不同风格和品牌的服装的展示区域。同时，工业感觉强烈的铁盒以及钢铁造型的收银台突出了男性世界的硬朗做派。I.T Hysan One 和其他 I.T 集团的店铺不同的地方在于地下一层的男装区域收纳了一些北欧、比利时的男装品牌，而且还有欧洲男装杂志，比如《The Fantastic Man》，属于陈列和货品都非常齐全的男装店铺。

店铺的一楼集中展示了 i.t 下属品牌 izzue，货品囊括了 izzue 的几大系列，在陈列方面则采取店中店的模式，让观者有一种走入迷宫的感觉。沿着楼梯上到二层，是 i.t 和日本风时装的世界，尤以日本东京涉谷和里原宿风格的时装为主，还有少量的男装。这一层木质结构的内部装修与光滑反光的墙体组合出了一种后现代风格。我喜欢的则是 I.T Hysan One 的三楼，高端女装的集合地，集中陈列了 I.T 代理的设计师作品，以及独家售卖的意大利女鞋。这层楼同样以黑色为基调，木质地板和镶嵌在白色屋顶的玻璃形成对比，圆弧走廊空间让人有种异地探游的感觉。开业当天，这里已经引入了 Maison Martin Margiela 与美国的 Opening ceremony 合作的时装，以及 Givenchy 、Maison Martin Margiela Line 1、Isabel Marant 、ZUCCA、MCQ、Rick Owens 等我一直关注和钟爱的品牌。所以畅游 I.T Hysan One 的三楼，无疑是学习了解最新时装潮流的绝佳方式。在此处，人和衫成为各自绽放的暗夜玫瑰——大概亦是你一直在寻觅的姿态吧。

最近两年，我是很喜欢希慎道的，爱这里的甜品店，爱这里的黑夜，也爱 I.T Hysan One 给人的无限遐想。

行走 tips / **I.T Hysan One** / 铜锣湾希慎道 1 号。

I.T 集团积极介绍引进欧美日本流行品牌和时装文化，二十几年来已拥有了一种奇异的气场，牢牢吸附香港的时装爱好者，此种气场亦延展到了中国内地。随着北京三里屯 village 概念店的开幕，香港与内地时装文化的互相影响有了一种新格局。如今的 I.T 集团已经同时在北京和香港进行时装发售与潮流资讯发布。2012 年，I.T 集团就在北京三里屯 village 开设了法国时装品牌 Isabel Marant 的专营店，同一时间，Isabel Marant 在香港中环雪厂街的专营店也如期开业。

这家在雪厂街的 Isabel Marant 新店，将香港文化融入其店铺的法式设计中：店铺门面是通透的落地大玻璃；走入

《I.T Post》杂志内页

ISABEL MARAN
雪廠街

店铺，首先映入眼帘的是一个大木质盒子，面对橱窗的一面以多个木盒放置新季产品；而最左边则点缀一块复古磨砂通花玻璃，既为店铺引入自然光线，又让路人朦胧地看到店铺内部；墙身和地板上都采用水泥装饰，不再加入其他装饰和色彩，自然又利落。

Isabel Marant 长于处理衣服的线条和整体轮廓，不会有冗杂的设计，有的只是恰到好处的修饰，充分展现了法国式的烂漫风情，并透出一种洒脱的心态。当时为了庆祝雪厂街的店铺的开业，Isabel Marant 还特别奉上只在巴黎、北京和香港的 Isabel Marant 店售卖的限量蓝色扎染运动鞋。有时候，我觉得 I.T 集团就是打通香港和巴黎的时装通道的拓路者，非常华丽，非常有型，让人真正见识到了时装跨越地域的魅力！

行走 tips / **Isabel Marant** / 中环雪厂街 10 号地下 4 号铺。

I.T Hysan One 店室内照片与 Isabel Marant 中环店铺图片由香港 I.T 集团提供，感谢香港 I.T 集团公关经理余可仪小姐及 I.T China 的李家豪

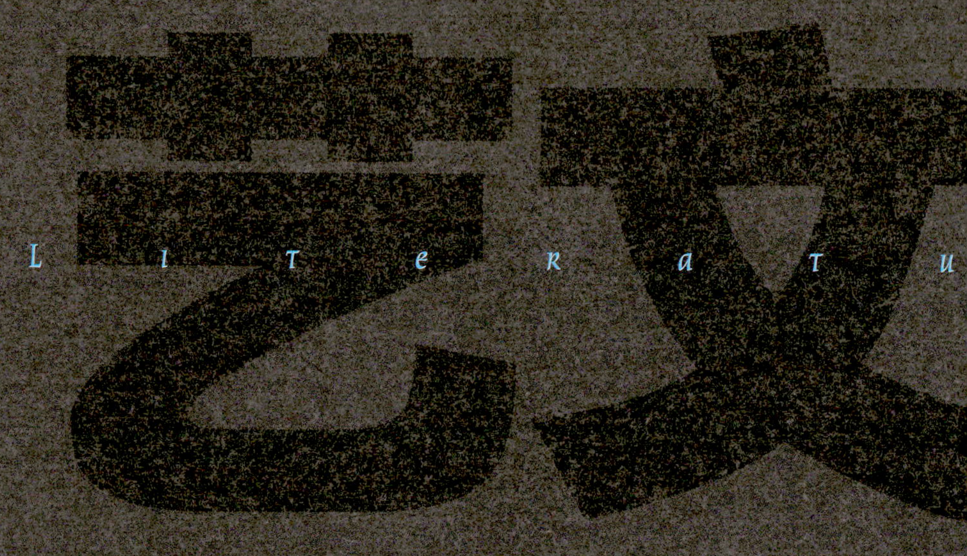
艺文
L i t e r a t u

R e & A R T

Chapter 11

流动之城里，被回忆拯救的往事

这一章可以作为一个过渡，以图片日记的形式、文艺的心态呈现曾经我写作的香港，以及和这座城市有关系的人物。文章大都是以前发表过的习作，也有写好了一直放在文件夹中从未发表的，有文字，看图片，但不推荐去处，图片亦可能和文字无关，但是它们都和香港、和我自己的记忆有关。这一章，是在前两篇里的高密度游走和物质主义的购买后的片刻停顿，是一种碎片式的遐思。在城市旅行途中，我们往往需要这些遐思来填补物质消费之外的贫乏与空洞，来对抗疲惫旅程的一种信息饱和，尤其是在香港这座聚合般的城市。

怀念是一种欣慰

2006年的春节，香港文华东方酒店在紧张装修，过去3年的时间里，张国荣的凭吊者走过这里都会向上望一望。在2006年4月1日来临前，文华东方酒店这个灰色的建筑变得焕然一新，像香港地铁站每个月准时更新的电影海报，时间努力抹掉记忆，但抹不掉“荣迷”一直以来的怀念。怀念的意义有时候是一种徒劳的姿态。人就是愿意重复一些徒劳的运动，像希腊神话里的西西弗搬石头，“明知山有虎，偏向虎山行”。

上句话像一句老台词，勾起我们对于一个时代的回忆。此刻，张国荣离和他身首相连的香港电影及流行音乐滋润的一个时代逐渐远去的时候，纪念的概念才显得特别突出和重要。如果你这样安慰自己，2003年，张国荣的纵身一跃是对一个时代的一次告别，而经历过这个时代的你也从人生的一个阶段迈向了另一个阶段，那这次跳跃就不是太疼痛。起码，我们在人生的进程中总在告别着，来的来着，走的走着，这是一个电影和音乐的传统主题——哥哥张国荣只不过是自己导演和成就了一部电影的完结篇，演绎了自己拿手的绝唱而已吧。

当80年代和90年代出生的人成为流行文化的弄潮儿，张国荣式的流行才显出了过眼云烟的美。和我们交道已久的娱乐圈，五光十色的调子多少让我们有点麻木了。还好，每年有一个固定的日子，大家可以翻翻老相册，看看老电影，听80年代张国荣们演绎的流行金曲。恍惚间我们感叹80年代的娱乐世界太简单，张国荣和他成就的过往岁月历久反

的封面，带着原生的时尚感觉、开放的姿态，忽然就真的看到了夏永康和他的作品。这位为王家卫拍摄剧照，为王菲设计 CD 封面的摄影师也为英国《I-D》拍摄时尚照片，他的模特都是香港娱乐圈的大牌们。

在那些摄影作品里，张曼玉最抢眼，舒淇和吴彦祖则有种野性的性感美，连巩俐都和香港融合了。夏永康的颓靡盛放的态度和香港香艳的城市底色相得益彰，那些明星愿意在他的镜头前脱下衣服：张曼玉、王菲、郑秀文、张震、梁朝伟、吴彦祖……一起搔首弄姿，互相引诱。在夏永康的镜头下，他们太不像他们自己。

夏永康又是香港最有代表性的摄影师，有时候他用草根的香港或者中国细节做时尚摄影的陪衬，创意迎面而来，让你觉得不唐突，不做作。时尚的创造精神就在于此。在他和

《I-D》杂志是我 20 岁左右的时尚启蒙杂志，当然这样的启蒙和香港有关。

王家卫擦出的火花中，我们可以看见香港时态延伸出的诱人特质——飘忽不定的游弋、无根的孤注一掷、颓唐的质疑、难以捕捉的忧伤，以及三分堕落、七分诱惑。

香港电影似乎很信任夏永康，一到金像奖要颁奖的时候，组委会就会找来夏永康为金像奖特刊打造入围演员的照片，2006 年也不例外。今年正好是金像奖 25 周年，但翻开今年的特刊，你会意外，因为夏永康的摄影太冷酷了：照片背景是香港的高楼大厦，灰沉得紧，一点不明媚；女人、男人都是黑色的打扮，酷，中性，像是在做一种哀悼。为什么要给 25 周年一种哀悼的调式？是在哀悼势微的香港电影吗？我更愿意把这种调式理解为一种怀念，怀念的底色必然是灰色的，灰色是合适表面安稳的香港的色彩。

在夏永康的镜头下，张曼玉太瘦了，但却从来没有这样美丽过。经过法国文化的浸染，张曼玉很敬业，会为朋友两肋插刀，会为代言的香港品牌做宣传创意，也会飞到东京为夏永康捧场，或是在法国巴黎的街头旁若无人地摆 pose。她说话很法国，没有香港狗仔在的时候，她大胆释放真性情。永远“在路上”——张曼玉和时尚所奉行的永不重复的精神合上节拍，让人可以看到不同的她。

笔下的三个陈奕迅

陈奕迅是一个什么样的歌手？我先后写过三次陈奕迅，基本是为报纸写他新专辑的乐评，可见他是很高产的歌手，几乎每年都有新作出来，当他的歌迷自然很幸福！有一次看《Milk》杂志采访林夕，因为林夕出了一张叫《林夕字传》的

精选 CD，他在采访中谈到三个歌手，除了对他来说“是自己的女儿”的王菲和“是自己身上的一块肉”的杨千嬅，还有陈奕迅。2005 年在香港街头第一次听到林夕给陈奕迅写的《夕阳无限好》，有种一击即中的感觉。很久没有被一首流行歌曲击中了，现在想来也和当时的心情有关系——当时要告别学生生涯，觉得很惋惜，走到哪里都是一副怨男姿态。《夕阳无限好》的词，“每秒每晚彷似大盗 / 偷走的青春一天天变老”，真是神来之笔，说的就是我当时的心里话。

林夕说陈奕迅是自己最喜欢的一个男歌手，“他应该是‘九七’以后的一批香港歌手里面发展最稳定的一个”。林夕还说，陈奕迅成名正好在“九七”前后，他的成长、他的歌曲有香港人前前后后的感怀在里面。林夕大概把自己对爱情和生活的态度寄情于两个歌手，一个是王菲，一个是陈奕迅。我对陈奕迅的歌曲简直有种相见恨晚的感觉，可能他太香港了，和王菲还不一样。一直到我几次往返香港后，才觉得他的歌曲说了很多大实话，很适用，慢慢就爱上了。

再后来，发现陈奕迅简直是一个太自我的癫狂歌手，他在舞台上很癫，唱着唱着就乱吼了，说话很幽默，歌迷还是很买账。陈奕迅的朋友中也有在圈中有点新闻的人，比如密友谢霆锋、黄伟文。后来，看黄伟文谈陈奕迅，知道他基本上一个人的时候就很闷，闷着闷着就找来黄伟文，两个人对坐，坐到闷就飞去日本买衫。顺便插一句，黄伟文的歌词不像林夕那样用那么多的意象，简单，温暖，是小品文性质的；林夕有点绝望，更犀利，文字游戏玩转得很好。

我是在很多年后，才找来陈奕迅以前出的专辑听，那些歌曲的名字很温暖，像《圣诞结》、《shall we talk》（《我们谈

2006 年的连卡佛宣传海报，出自夏永康之手

谈好吗？》）还有《打回原形》，唱得都像是一个无奈的男人的酒后真言。陈奕迅最近的新歌说明他是一个专情的人，他专门挑出歌曲唱给妻子、女儿或者朋友，有意思得很。对于当初并不被看好的和拜金女徐濠萦的婚姻，他硬是挺了过来，正像他唱的一首歌一样，《十年》来修成正果。正好我编辑了他们在深水湾结婚的消息为当日的报纸做版面，我也心存感激。

总之，陈奕迅是一个很“神”的人，用四川话来讲就是有点“疯癫癫”的。但是这种永远沉溺于自我的男人却很容易打动你，恰好他又是一个歌者，就更为可爱。我到现在都认为陈奕迅唱歌有点随便和放肆，骨子里是很不羁的，够man！

林奕华之《远大前程》

林奕华的好多社会时评写得不留情面，显示了一个知识分子的责任感，但是他的讽刺和直白又让人觉得快活。其实，香港舞台剧编导、作家林奕华头上的标签还有很多，我在2005年之前，并不知道他创立并领导着“进念·二十面体剧团”，一直在做着香港先锋戏剧的创作。林奕华说话写字像一个从台北走出来的作家，住在香港，心里有的是台北、伦敦。

在他的书《等待香港——文化篇》的第一篇里，林奕华写道：“住在香港，欲把目光放在伦敦，无疑有点可笑。只是如果你没有在伦敦住过一段日子，没有享受过它作为城市所带给人们的乐趣和满足感，你大概不会明白为什么我要望梅

止渴，也不能体会我在一版版翻阅《Time Out》[1]时的愉悦，以及把它阖上之后的失落、怅惘和生气：假期完毕的人最恨的，莫过于当飞机着陆后舱门打开，一阵热气迎面袭来——它提醒你现实就是如此难堪……”我相信林奕华对于香港城市的理解恰恰来自他笔下的这份“恨铁不成钢”的气愤。他写：“在巴黎逛 agnès b 和 A.P.C 跟在台北、香港、伦敦、东京根本不一样……所以我认为 Gap[2] 应该在纽约买，Uniqlo[3] 和无印良品应该在东京买……香港作为商场所能提供的，似乎是‘方便’居多，但是追求‘方便’也可以只是为了权宜……”

2011 年，我在成都看他导演的舞台剧《命运建筑师之远大前程》——转山转水，我去了他住过的伦敦，又反反复复去了很多次的香港，却在自己家门口才真正看到他导演的戏剧。林奕华借来狄更斯名著的名字，用他惯用的“现代派”话剧手法，打破线性叙述的表达手段，实现立体和多视觉的呈现，不用蒙太奇，不遵循观众的意志转接时空，直接将内心和现实同时放在舞台上。他的舞台是一个多面体，把现代都市生活里让人感觉厌恶的细节、被忽略的城市文化问题拉大。每每与林奕华合作的台湾演员都演到一种很旷达的状态，而在《命运建筑师之远大前程》里，可能因为编剧是张艾嘉，演员李心洁内心水到渠成的挣扎显得很真切。剧中，男主角王耀庆的演技让我们记起赖声川话剧中的一种台湾味道，够

1 《Time Out》杂志是一本聚焦全球城市风情、玩乐、体验的杂志，不同城市有不同的版本。

2 GAP（盖普）是美国最大的服装公司之一，创建于 1969 年，拥有 GAP、Banana Republic、Old Navy 3 个品牌。

3 Uniqlo 是日本著名的休闲品牌，坚持将现代、简约自然、高品质且易于搭配的商品提供给全世界的消费者。

味，也是本剧最大的亮点。我喜欢林奕华和张艾嘉把一出剧划分得细细索索的，那是一种香港时态，但是情感又是台北式的。林奕华的剧如他的人一样有着一种倾诉的情态，会进行智慧的讽刺，但又带着很多失落的惆怅。他的字和他的剧，大概都是“他城”式的，露出一种孤独的清淡……

那晚我看完戏，打了一个电话给朋友文林。文林曾对林奕华进行过一次对谈采访，采访中林奕华谈到旅行，他说：“因为旅行的时候，你就没有什么归属感可言了，旅行就是你跟自己相处的一个过程。人要如何去认识自己，那是生活最基本的一个态度，因为如果你不知道如何跟自己相处的话，其实是只有生，没有活。我们常说人生就是一趟旅行，不管家在哪里，在人生的意义上你还是一个旅者。其实在自己的家、自己的城市也是要保持一种旅行的状态，就是常常要发掘一些新的东西，让自己觉得那个新鲜感是保持的。”

由此，我认为，香港，本身就是一座流动的城市，为了旅行者而存在，来的尽管来着，走的还在走着……

香港文化名人对谈 3

林奕华：时间在香港人心中是不立体的

他是香港舞台剧导演，因为风格先锋另类，被媒体誉为香港舞台剧的“鬼才”；他著书写字，言谈批判，怀有知识分子体味事态的情怀；他是一个喜欢张爱玲的香港文化人，他对于张爱玲作品的再创作具有打破时空、重铸想象的力量；他在香港文艺界跨界工作，主持节目，与明星对谈，和香港商业文化品格拉开一点距离，但是从来没有真正远离过香港和香港文化。他是林奕华，他浑身都是精力，有使不完的劲儿撒泼到文字上和舞台上，他的演员附体演绎，演出蹀躞旧影，造就惊奇瑰丽的意象。

林奕华：生于香港，14 岁开始写作，读中学时即为丽的电视及 TVB 担任编剧，毕业后与友人组建前卫剧团“进念·二十面体”，先后在伦敦、布鲁塞尔、巴黎、香港展示舞台创作。林奕华编导了超过 40 出作品，并与不同媒体、不同城市的艺术家及团体合作。2012 年，林奕华完成了其舞台剧《贾宝玉》在中国内地城市的巡演。

严格来讲，我看林奕华的文字多过他导演的舞台剧。我知道林奕华，是经由很多年前重庆偏远高校的阅览室里的一本杂志。那是一本曾经给我精神滋养的中国南方杂志，在一期情人节特刊上，林奕华用一种近乎意识流的后现代写作手法描述了一段逝去的艳丽的爱情。那一篇短文的描述有着一股南国烟云味道，撩拨人心，让人自觉靠近。它所包含的内容和我成长的所有经历背道而驰，似乎给我开启了另外一扇体验的大门。后来，我开始在故纸堆、网络上散落的遗珠中找寻更多关于林奕华的消息、评论。我看到那些关于他早期导演的舞台剧的介绍，那些舞台剧有着特别先锋和另类的舞台装置感觉，角色像是被赋予了一些新鲜的魂魄，演绎了一种异于常规的艺术。当时还是大学生的我，痴迷于林奕华是因为从他身上，仿佛可以看到自己的一些影子。我在他的文字中体验内心最为隐秘的情绪起伏，期冀在身份辨识的隐匿情感中，获得一种确认的感召力量。我明白，这种感召力量具有强大的韧性。

做关于香港电影的硕士论文时，再度翻到林奕华的文字，又瞥见他和众多香港明星的访谈节目，于是找来他的时评看，看他对香港社会的关切和鞭挞、对文化现象的深入剖析，期冀从他的字里行间看到香港社会和文化的图景，以勾勒出一幅读解当代香港电影的蓝图。那些引人思索的、毫不手软的论述，多少带了香港文化人本身的那种心怀抱负和固执坚持的特质——后来才知道，这些文字上的审美特征只是林奕华的一个侧面，一个很大的侧面，一个可以被放大的侧面。

2006 年，我在香港的 Page One 书店买到他的《等待香港——文化篇》。书里有一些话，在当年看是振聋发聩的，现在亦不过时："香港文化悲哀之处，是识时务的聪明人比比皆是，一往情深的智者少之又少。"我也喜欢他的那一句："我，自然是'恨'香港的——'恨铁不成钢'的恨，也是陈升那个《恨情歌》的恨。"林奕华说，香港的年轻人，有很多人的青春是由别人告诉他们的，而不是来自他们的自觉和信念。

林奕华对香港娱乐真真是又爱又恨：香港人的感情是

浮夸的、肤浅的、虚假的，是由香港娱乐圈塑造出来的。就此，我认为在这本书里，找来林奕华说香港文化是合适的，他是最有发言权的人。

今时今日，我不得不感叹生命的奇特：当年我开始接触林奕华是在重庆，过了 10 年之后，和林奕华面对面坐下来谈香港，亦是在重庆，而这刻，我已离开重庆很久，走完了欧洲，去过了美国。前一阵，我在华盛顿的乔治城游荡，撞见一家名叫“serendipity”的餐馆，不禁会心微笑。我日渐喜爱英文中的 serendipity 这个词，也日渐相信它所指代的“天降奇缘”、“命定机缘”、“奇遇”等概念。它让我觉得，有好多人，你注定会遇到；有好多美好若你曾隔着时空领会到，那你可能会与它在当下有所交集。这一次，林奕华正好带了他的新剧《贾宝玉》到重庆巡演，我从纽约飞到香港落地时收到他的信息，就跟他约在《贾宝玉》演出开始前进行访谈。那日的重庆，有难得的阳光，不闷热。开演前，傍晚的阳光透过剧院的玻璃透射进来，给林奕华添上了一层金黄……

张　朴：严格来讲，和你一样出生于 20 世纪 60 年代的香港人，对于内地的认知在香港回归之前都是很模糊的，但是我们看到在 20 世纪八九十年代，香港的影视作品出现了一股拍摄“老上海”的风潮。从那些影视作品里，是否可以看到香港人在回归前对内地的想象？

林奕华：我是 20 世纪 60 年代生人，我妈妈是在香港出生的，但爸爸是从大陆到香港的。我的爸爸妈妈那一代，是可以直接和内地文化联系上的，但是到了我们这一代，香港和内地的文化似乎就隔离了，上海和北京对于我们来说就是一种想象。我们这些"殖民地"的子女，后来创作的很多有着"上海"符号的作品（不管是关于旧上海的还是关于现代上海的），其实都是从想象开始的。

在 20 世纪 80 年代，香港的一批年轻影视导演开始拍有"旧上海"符号的东西，从拍电视剧开始，"旧上海"陆续成为一个发烧的表现主题，高潮点是当年的那部《上海滩》。但是《上海滩》里几乎没有旧上海的实景。后来王晶说过，当年的《上海滩》其实是抄袭意大利的一个"黑帮"影视作品《Borsalino》（《江湖龙虎》），让－保罗·贝尔蒙多（Jean-Paul Belmondo）和阿兰·德隆（Alain Delon）主演的那部——把这个西方的黑帮戏拿过来，套上中国的 context（文化背景），让香港的演员穿上旧上海的长衫，套上帽子围巾，就成了《上海滩》。再往前回想，20 世纪 60 年代的香港电影里，邵氏、国泰（电懋）的作品很少表现上海的东西，那个时候和内地的联系反而是"北平"。我记得那个时候邵氏拍王蓝的《蓝与黑》，电懋国泰拍张恨水的《啼笑因缘》，都是以国民党政权迁至南京时的历史为背景，那个时候"北京"还叫"北平"。但是到了 80 年代，因为电视剧《上海滩》造成了一个风潮，"上海"或者"旧上海"就成为香港文艺作品中被经常想象和表现的一个符号了。

张：你自己的舞台剧创作也有一个上海的影子。当年做舞台剧《半生缘》时，大家听到这个名字，第一反应是张爱玲，但你其实不是要演绎张爱玲，你是在表达你自己的情感世界观，而且所用的手法在当时来看，也是超越观众的期待的。张爱玲在香港的生活——在港大学习，并在其后的 50 年代在香港写剧本——让人觉得其实是香港成全了张爱玲。除了上海之外，香港应该算是张爱玲生命里最重要的城市。站在一个香港文化人的角度，你当初是想如何呈现张爱玲的作品呢？

林： 我排的第一出戏就来自张爱玲的《心经》。《心经》的背景是旧上海，我喜欢张爱玲，我的创作就没有办法不涉及她的创作背景。但是张爱玲的上海，对我来讲，在我进行创作的时候，给予我的考验就是，你是要保留这种"上海"还是去掉它。《心经》对我来讲就像是瑞典电影导演英格玛·伯格曼的作品，有几个人，存在很封闭的关系，就像是一种chamber piece（室内交响乐）。我中二的时候开始看《倾城之恋》，但是书里面描写的家庭、封建主义对我来说，好像主旨都太小了。书里写到的一些东西，比如"停掉的大钟"，并没有在当时的我心里形成心理激素，但我大了之后就懂了。然后就到《半生缘》，我是在2003年的时候做的这部舞台剧，但当时我在面对这个文本的时候，我知道我不能把它变成一个写实主义的戏。最重要的原因是，我当时没有去过上海，对于张爱玲在书里描写的当时的南京和上海的城市面貌、人物衣着、办公室里的小市民的感觉都没有直观的感受。它们就好像是小津安二郎的东西，这些东西我觉得我做不出来。

但是《半生缘》给了我非常棒的创作经验。当时我把《半生缘》里面的对白全部抽了出来——用复印机把书页复印出来，再用剪刀把那些对白剪下来——然后又找出了书里可以被用于独白表述的张爱玲自己的观点，之后，我找来孟京辉、张艾嘉，大家一起来读，读完再把不顺畅的地方做了适当的修改，把它变成了一个可演的剧本。所以其实弄出了剧本之后，我们还不知道这个戏应该用什么方式在舞台上进行表演，不知道是用炸的、煎的，还是煮的。后来演员来了，我们也只是把这些台词拿来读，也不知道走位应该怎么走，因为场景很多。那时我很头痛，非常头痛。直到有一晚，演员来排练，有刘若英、廖凡、海清，大家读台词，我忽然想到此前我做的一个以张爱玲为主角的剧，《断章记》。我曾把《半生缘》里的一小部分放到这部戏里，那一幕是：舞台上有一个演员在念《半生缘》里的东西，另外一个演员在聆听。那个时刻，我忽然觉得，其实《半生缘》里的场景根本不需要在我的舞台剧里面呈现出来，而应该是被大家想象的。所有好的故事，都是在我们的脑海里面完成的，它们只是一只只被我们叠成的小纸船，在我们熟悉的原著文字中漂流。所以我就跟演员说，我们把这个戏放在一个图书馆里去表演，演员坐在那里读书就好了。当时把大部分演员都吓疯了，但是刘若英说："很好！" 我觉得她那时的眼睛都发亮了。刘小姐是一位喜欢尝试新东西的人，她有一种反叛性格，所以就由她来牵头表演。一开始的时候，廖凡他们并不是不担心的，因为他们还没有看到我所看到的，但最后的结果是：观众进了剧场就看到舞台上的一条长桌，长桌后是一个高到顶的大书架，上面有大概两千本书，然后这些演员就坐在长桌前面，开始和观众说话。他们背的就是书里面的台词，但是他们不会看彼此；他们演戏的时候，都是直接看前面，假装对方在前面。这个对刘若英来讲很有意思，因为她拍电视剧、电影时都是这样演的，那时镜头在前面，但是对话剧演员来讲，就比较吃力。

张： 因为没有互动，舞台上演员之间没有一个彼此的参照。但是整部戏，没有演员的互动也不行。这种手法其实在西方是很容易被接受的，但在当时对于香港和内地的观众来说是属于实验性质的吧。

林： 对，所以你要想象。但是第一天这样排了之后，我就觉得 it worked and it worked well！[1] 然后我就很兴奋，因为很好玩，平常我们观众看戏就像偷窥一样，但是这部戏把那面墙完全打破了，演员对着观众直接讲出台词，观众不管有没有看过小说，都会自动进入叙述体里面。然后我就利用舞台上的这条长桌，做了很多走位，这些走位都是非常有趣的，比如：男女主角在表演的时候一直都不看对方，但是演到什么时候才互相看到对方呢？我安排主角世钧和曼桢在某一天去逛公园，世钧捡到红手套，并且把红手套还给曼桢，这时两个人才有了第一次对望。这就是如何用戏剧的手法去找到，或者重塑文字的情感力量。我就是这样去处理张爱玲的上海和我想象中的上海的关系的。那个戏还有另外一个导演胡恩威，他负责一些多媒体的部分，给这出戏又加了一个层次上去。因为主角在最后讲的台词是"世钧，我们回不去了"，所以胡恩威去拍了上海的火车站的月台，处理后在舞台上播放出来。那是一段不断往后回放的月台画面，算是对历史的一个评价，代表上海的改变——这是第一次真正把上海这个地理空间放进在我们的戏里面。但是这种放置又比较特别，它不是一个背景，它是对男女主角令人遗憾的情感的一个注解。

《贾宝玉》的舞台依然是一种被抽离出来的空间，不属于特定的时代，这是一部女人群像的戏

1 这样的表演就非常奏效，能达到我要的效果！

张： 当年在英国生活时，你可以为了看一部话剧，搭火车朝去晚归，在英国和比利时看戏剧的经历对你回香港后的舞台剧创作有什么样的启发？

林： 我当时会搭火车从英国去布鲁塞尔，去安特卫普，其实是为了看舞蹈表演，看戏反而很少。从 20 世纪 90 年代开始，我吸收的营养大都来自现代舞蹈。我喜欢的 Choreographer[2] 我猜你也有看过，说到在塑造剧场的概念给予我启发，我的老师就是 Pina Bausch（皮娜 · 鲍什）[3]，她教给我太多。不过她也只是用她的作品来给我启发，所以其实谁都可以去学。但是直到今天，直到我做《贾宝玉》，我的创作都有 Pina Bausch 的影响在里面——团队气息很浓厚，情感和舞台调度紧密结合，这些都还是非常非常 Pina Bausch 的。

---

2 编舞者，舞蹈团队的灵魂所在。

3 皮娜 · 鲍什（1940 年 7 月 27 日 ~2009 年 6 月 30 日），德国最著名的现代舞编导家，欧洲艺术界影响深远的“舞蹈剧场”的确立者，被誉为“德国现代舞第一夫人”。

张：我不知道你去布鲁塞尔和安特卫普是去看舞蹈，我也很喜欢安特卫普这个小城。

林：但是布鲁塞尔和安特卫普相差很多，布鲁塞尔于我有点像一个老人院。对我来讲，安特卫普跟伦敦、纽约、巴黎最不一样的地方是，你要认识圈内的朋友，才能更深入地接触到那些艺术创作的内部，这就不像那些大都市，很多文化艺术作品是向大众开放的。一些很好的酒吧、很好的展览，都需要有人带你，你才能接触到。北欧也会是这样的？你在北欧的时候，作为中国人，是什么感觉？

张：我在北欧最大的感觉就是，北欧人的交往方式和我们想象中的不太一样，他们会多一些"圈子"意识。即便你和一个北欧人是好朋友，也不会被主动邀请进入别人的一个创作团体或者圈子。而且我觉得北欧人对外来文明和文化是抱着一种比较谨慎的态度的。可能因为都是小国，所以对自己的文化有很强烈的保护意识。如果外来的文化来得太多或者太快，他们没有办法吸收消化。所以在北欧的时候，我一直在坚持写作，那算是一种排遣内心寂寞的方式，但这倒不是说我在北欧的生活很单调。

林：在伦敦也有的，这种"圈子"意识。

张：对，但是后来我从挪威到了英国，感觉语言的樊篱作用很小，就忽然觉得会和这个社会有共振。不像在北欧的时候，虽然我学了一年的挪威语，但是也说不好，生活中也不会用很多的挪威文总觉得磕磕碰碰，虽然我也可以和挪威人讲英文。

林：虽说舞蹈对我的启发很大，远远超越戏剧，但是这几年又有改变了，因为现在在做戏剧，舞台和剧场都很大，演出必然要面对很多经济压力，戏剧和观众的交流就不能太偏锋。我以前的很多作品，表面上是在讲一个故事，实际上却是在评论一些事情，所以观众不太习惯。我们毕竟是一个习惯了看戏曲，看电影的民族，是一个习惯了看故事的民族，如果戏剧太艰涩，在表达一个价值观的时候，观众就会觉得迷惑，因为他们无法掌握到你这种手法背后的逻辑及意义。虽然这部《贾宝玉》里的一些手法还是比较前卫，比如观众会疑惑为什么要用那么多人去演一个角色，但是起码这部戏有一个故事情节，观众可以掌握到故事的脉络。以往我在创作的时候，往往是从舞蹈的结构方式中寻找灵感，现在则转向了从舞蹈的空间调度方法中寻找灵感，把这种调度方法放到大型的剧场舞台上，让观众坐在任何一个角落都会看到有价值的东西。

张：你的戏剧创作中，表达观点一直是一个很重要的方面，你也写了很多关于香港社会、文化方面的时评，现在香港已经回归 15 年了，就你所见，现在香港文化呈现出的到底是一种什么状态？

林：我觉得我们可以从几个层面来界定香港的大众文化：你到香港来最容易听到的是什么，看到的是什么，吃到的是什么，那就是香港文化。比如香港最多人看的报纸是《苹果日报》，这一点就反映了香港人对新闻抱着一种什么态度。然后我们说过去的香港和今天的香港的差别。80 年代是香港本土流行音乐、本土电影最为蓬勃的时期，那为什么 90 年代初之后，它们就开始没落了呢？真正的黄金时期其实只有 10 年左右，那为什么那 10 年可以捧出那么多的明星？ 而且为什么在这一时期，留下了那么多对内地观众来说是精神食粮的香港电影？ 但是这种状况却没有延续下来，这其实就是一种香港文化——它可能带来一阵的热闹，不过你要它变成一种持久的影响力，要它变成一种底蕴，它却无法沉淀下去，生出一代又一代的继承者。

还有就是，在香港，你容易看到或者体会到一种人际关系，这种人际关系被香港的影视作品呈现出来，反映了一种香港文化。举一个例子，电视剧是可以很好地反映一个民族的文化的。先说英美电视剧，《House》（《豪斯医生》）、《Downton Abbey》（《唐顿庄园》）、《Sherlock》（《新福尔摩斯》）呈现出来的是，角色不害怕探索自己的内心，所以这些戏里都有一些很吸引人的心理元素。但是你看香港的电视剧，里面的人际关系的主要表现就是“斗”，这种斗就是斗身份地位，而这些电视剧又很少超越这个表面的“斗”来告诉大家，其实身份地位并不是大家欠缺的东西。这种情况是由一种“不安全感”带来的，是由对自己的存在价值的极大怀疑引发的。这也是香港文化的一种表现——不走进内心去探索，不把自己放到一个明天的状态去认识和了解。

第三，从香港人喜欢的媒体模式来看，它没有对独特风格的尊重，“卖得好的就是娘”，以致所有人都会效仿同样一种“卖得好”的方式。

上面说到的 3 个方面，都指向今天香港的状态： 第一，视野比较小，缺乏未来视野，不太知道我们的未来可以往何处去，我们可以做什么，怎么让它实现； 第二，人与人之间很难有信任，每个人在怀疑别人的同时，也缺乏自信，大家常常很被动，“斗”的人际关系，导致“港女”、“港男”概念的出现；第三，不尊重个人独特的风格，从学校到家庭，都用同一种模式往正在成长的，或者即将进入社会进行工作的人的观念上套。

所以你要问我香港文化的状况，我更多看到的是香港社会这些累积下来的弱点。

张：那香港社会就没有强项吗？

林：一直有一种说法是香港是比较开放的、多元的。这是历史造就的优势，但是我并不觉得香港人有多珍惜这个优势，因为香港人喜欢方便，喜欢快捷，不大喜欢思考。现在香港的80后、90后、2000后，这些中生代、新生代会做一些什么努力来改变这个状况，我还很难回答，这个有待观察。

香港社会现在的压力就是它已经不能再低头走路了。在香港大学里面，大陆的学生因为成绩优秀，给香港本土学生带来越来越大的生存压力；大陆文化也开始在国际上有了一种和香港不同的面貌。比如像你，你的兴趣是做fashion、进行文化研究，但是实际上在香港，像你这样到处走，让自己收获和记录自己的成长的年轻人并不多。所以我觉得大陆的年轻人和香港的年轻人有一些差别：内地有那么多的城市，那么多空间，内地的年轻人可以迁移；香港的年轻人并不是那么喜欢迁移，可能他们喜欢往上爬，但是他们对于到不同的地方去收集一些经验，然后把它们变成自己成长的养分，兴趣未必很大。因为香港的年轻人，很早就继承了来自父母那一代的需要安定的意识，这和香港这个地方的小、短视、投机、不自信有关系。而且，一直以来我也没有感觉到香港社会主动地求变。那什么是求变？更加主动地走到外面去，或者看看走进来的人，看我跟他可以产生什么样的化学作用，都是求变。

现在香港社会还在说，我们要抓回很多本土的特色，有时候我听到就会觉得比较心凉——为什么以前不做呢？比如说以前还完全没有计划地拆除和摧毁建筑和文物。还有人呼吁不能让广东话消失，这是对的；但是很好玩的是，回到生活层面，我并没有发现香港人把讲广东话当成一种生活的情趣，它只是变成了一个非常低层次的沟通的工具而已，就是讲得越简单越好，讲得越不用动脑子越好。在他们使用的广东话里没有比喻、幽默、变化。所以香港人让我很焦虑的一点就是，他们有时候懂得把话讲得很大，很漂亮，很门面，但是在这些话的背后，真正被落实的事情却不见得与说的成正比。

有人疾呼要 preserve（保护保留）香港文化，有人说八九十年代我们香港出产了很多优秀的影视作品，但是我要说，请大家不要忘记，在那个年代我们也出产了很多垃圾影视作品——找一些明星，迅速找到一笔钱，然后重复同样一种模式生产出来的电影——但是在当时很少有人去讲这些都是垃圾。大家常常说要复兴香港文化，但是我们好像没有一个明确的东西。我用一句话来总结——香港人不喜欢 review[4]，这是很可怕的事情，永远都觉得我们要做一些什么，但是没有 review 的能力，也没有 review 的决心。

为什么我喜欢看访问节目？因为一个好的访问节目可

4 按照林奕华谈话的要点，在这里 review 指的是"回顾，审视，重新去思考和自我叩问以及梳理"。

以达到一个review的效果，或者self review（自我审视）的效果。我和你交谈，接受你的采访，就是在review我的观点。

张：我在做采访提纲的时候，也就review了我的想法。

林：但是香港是不做这个事情的，香港讲"今天"，什么都是"现在"。时间作为一个元素，在香港人的心目当中是不立体的，很多人不会从过去吸取教训。我们的文明的发展其实一直是在跟着西方走，但是我们的文化的发展却不一定能跟得上脚步。在这样一个互联网时代，很多东西都是"四不像"的。就拿我自己的经历来讲，小时候受的是殖民地教育，有了一个洋名字，把西方的很多仪式奉为圭臬，被告知这就是你的文化，但是长大后才发现，原来这些都是套在自己头上的西方文化。所以学了西方的礼仪，知道什么是gentlemen（绅士）之后，要把这些跟自己的民族文化真正结合在一起，还需要自己去review，没有一个客观的东西可以帮助你去做这个事情。我常觉得，fashion、culture、arts、media[5]都是我们review的渠道。我现在做的工作、写的文字、和你聊天的内容，都在把时间拉出一个过去、现在、未来。对我来说，做舞台剧不是排一个爱情戏那么简单，我需要通过我的创作理清contextualization（来龙去脉），呈现一种前因后果，表现观念的来处。爱情也不仅仅是有一男一女，或者"梁山伯与祝英台"就好了，我们要找到一种拉近个人与故事之间的距离的方式，这个就是contextualization。上面说到的《半生缘》就是一个例子，当然我们也可以排演另一个《半生缘》，让演员穿上旗袍，

5 时尚、文化、艺术、媒介。

还原旧上海的样貌。但是这个距离不是我要的距离，因为我不是要说服香港的观众，刘若英穿了旗袍看起来就是生于 30 年代的人了，我反而是要换另外一个距离来让观众感觉到其实我们不需要这个距离。

张： 所以很多内地导演做老上海的戏，虽然景致很逼真，服装很到位，但是情绪表达都不如王家卫电影里的那种“上海情结”够味。李安拍张爱玲的《色，戒》也没有制造那种所谓的模拟张爱玲文字感觉的距离感，但是李安所引导的观众的想象和张爱玲的《色，戒》之间的距离似乎刚刚好。

林： 因为谁想看博物馆啊？大家都想看欲望。欲望和博物馆是两回事。大部分人走到大英博物馆，会想我不要再看那些熨斗了，我不要再看那些用石头做的钱币了；但是我在 Tate Modern（伦敦泰特现代美术馆）里面看到的一个熨斗，则让我想到另外的东西。所以你说的王家卫，和其他导演最不同的地方是，其他导演还可能只是在“再现”，而他在“呈现”。我们已经认为“再现”是没有意义的，因为“再现”的趣味会消失在观众意识到那只是一个“再现”的时刻，观众在看“再现”的时候是不会投入的，没有情感投射。所以唯有在“再现”的同时找到和表达的主题相对应的情感的点，观众才会感同身受。

↗东宝庭道上的涂鸦
↑走过喇沙利道

张： 直到现在，让你觉得特别有感情的香港地域有哪些？

林： 在九龙的话，有九龙城东宝庭道与延文礼士道，因为小时候的家与学校就在附近；还有太子道园艺街——我中学时居住的地方——以及喇沙利道。在港岛的话，有跑马地荷塘道，我于 80 年代参与创立的“进念 · 二十面体”剧团的办公室就在附近，“非常林奕华”剧团办公室也曾在附近；湾仔星街我也很喜欢。

M *o*

地球旅馆

Inn Earth

MooN

黎书客

陕西出版传媒集团

陕西人民出版社

01

如果在巴黎，一个旅人

定价：39.80 元

比人生未知的历险更可怕的，
是那种一眼就看到老死的时光。

你可以在 25 岁前没有去过巴黎，
但你不能在 25 岁前，还未尝试
走出去的勇气。
法国诗人雅克·普列维尔在
一首名叫《在公园里》的短诗中，
曾写出过如斯名句："巴黎是
地上的一座城 / 地球是天上的
一颗星"。
而导演伍迪·艾伦通过电影
《午夜巴黎》更坦率地说：
"在这个阴冷、暴力、毫无意义的
宇宙中，巴黎的这些灯光，
是整个宇宙的亮点。"

02

趁活着，去旅行

定价：45.00 元

趁年轻，趁还有机会改变……

旅行不应是辞职、休学的借口，
而应是人生活的一部分。
旅行的前半段看风景，
后半段看自己，
如果一个人不具备看到
自己内心的能力，
跑到再远也是徒劳。

03

孤独要趁好时光 II：

香港的前后时光

定价：45.00 元

香港是为那些来来去去的人
而存在的

张国荣的岁月绝唱，陈奕迅的
流行癫狂；尖沙咀的魔幻星光，
铜锣湾的美食梦想；
旅行到最后，地理已不重要，
重要的是我们内心。
香港是为那些来来去去的人
而存在的。香港的魅力，正在于
始终有一些有灵魂的人物让
这座城市摇曳生姿。
畅销书作家张朴
《孤独要趁好时光》第二季，
香港文化名家甘国亮、
马家辉、林奕华、陈宁诚意推荐。

04

一个人住在巴黎

定价：45.00 元

我住在巴黎，这是我的生活

如果你爱一座城，
就去生活一阵子，
你会明白，
这座城也在
静静地等待着你。

Chapter 12 一座城的不了旧情

2004 年夏天一过，临近电影学硕士毕业，我开始撰写我的电影学硕士论文，当时做的题目是《当代香港电影中的老上海意识》。我记得在我的毕业论文开头有一个幽深鬼魅的缘起：“香港，八零年代，一部电影叫《胭脂扣》，女鬼‘如花’着暗花色旗袍，懵懵懂懂从过去来了现实，迷迷糊、兴冲冲赴一个爱情生死的约……2003 年末，扮演女鬼‘如花’的梅艳芳真真去赴一个生死的约了，这次一去就无需归，彻底决裂，有些香港人骨子里的执拗和急就章风格。这个城市向来有迅疾即逝的脆弱气质。巧的是半年前，梅艳芳的好友张国荣——在《胭脂扣》里饰演辜负‘如花’的旧情人，先她而去。这样，角色似乎可以有一个诗意的残酷聚首了？”

这一段文字基本上表达了那一个时间段对于香港这座城市的感性迷恋以及内心强烈的进行城市光影写作的欲望。2003 年到 2004 年，我明显感觉到自己内心的转变以及惶恐，与世界的距离感日渐强烈。那些台词，镜头里被拉长的时空，充满了诱惑的气味。彼时我爱法国新浪潮，把《去年在马里昂巴德》的镜头倒背如流。我爱侯麦——他不能算是法国新浪潮的轴心，但我却喜爱他 20 世纪 60 年代的黑白戏中絮絮叨叨的生活经历——那些穿着如后来的 agnès b 的时装的男女主角，后来在王家卫的香港角色中，又可以找到对应。我亦爱日本新生代导演镜头下如刀割的青春嬗变：岩井俊二写的那封《情书》里，中山美穗独行下的大雪漫漫，稀释了整个夏天的闷热；北野武的静态中有残暴的血腥味和隐忍自戕的故事，精美绝伦的电影《玩偶》让我第一次知道了一位叫山本耀司的日本设计师，却不知道山本耀司彼时已经是日本时装江山的巨擘。

说了这些，都不紧要，好像散漫得和香港没有一丁点的关系，散漫是为了衬托，衬托 2003 年到 2005 年的我，衬托我的电影心和香港情怀。那个时候的我，

是一遍又一遍地看着很多香港电影，度过大学里的诗意时段的。那个时候，是抒情和情绪丰沛的时候。那个时候，写作总是带有很多理想化的成分、学院派的方式，离现实的生活很遥远。我常常想，如果不是当年学了影视评论和编导专业，如今又会有一个什么样的人生，我是否还会和那些光影间隙中的真情实感有一种宿命般的连接呢？可能也就是宿命吧。30 岁之前的我是一个迷恋香港的男子，迷恋它的城市气味、语言、音乐，而电影就是最为彰显它的所在。它是最为直观的香港城市纪录和表达，牵扯着很多故园春梦，对照着一个旧上海，编织出很多愁情四起的潸然片段——这些片段，是我认识香港和理解香港的一个感性层面。我非香港人，但总是从这些满是怀想的香港映画中感受到人生的共鸣、文化的阵痛、时代变迁中的人情冷暖，找到荡涤于心的那些细微而美好的境遇。

回到当初写作论文的心境，就不得不说回梅艳芳和张国荣。这二人与香港电影密不可分，从20世纪80年代到21世纪初，有他们参与的香港电影生动鲜活，画卷纷繁，和香港一道一分钟一分钟地呼吸，一公分一公分地长大，中间经历了“九七回归”、金融风暴、SARS危机（以2003年为止），胶片却从未吝啬过。时间流程里，有一些力量促使一路飞奔向前的港人瞥见路过的风景。

20世纪末，港片回旋顾恋一处异色城池——老上海。梅艳芳的好友关锦鹏拍摄了旧上海谱系电影，而她则在许鞍华执导的《半生缘》里有张旧上海舞女痛苦的脸；张国荣有首以上海话命名的歌——《侬本多情》，而他的意义在于和香港当代电影奇人王家卫的悉数合作——他们把一种叫老上海的气息带回60年代的香港，再由现代人观摩复活成后现代文化的灿烂色调。故事似乎可以就此开始，恍然才发现何止关锦鹏、王家卫，香港电影“新浪潮”以降，几乎每位香港导演手中都有关于旧上海的迷梦牌底，翻开瞅瞅，各有千秋，姿色庞杂：比如武侠导演徐克，他拍摄的《上海之夜》、监制的《新上海滩》，电影名就透露出旧上海迷人而最具活力的一面，让人联想到"夜上海"的靡靡低唱。徐克用电影模仿旧时上海，彰显出上海和香港两座城市之间象征性的联系。再比如两度改编张爱玲作品的许鞍华，她执导的《倾城之恋》和《半生缘》，虽毁誉参半，却足见香港导演对于上海传奇之迷恋。还有上海人王家卫，其作品中"海派"的踪影不断闪现——在《阿飞正传》里，粤语与上海话共生共存；《花样年华》里"海派"的细节表现在60年代的香港老街和翻飞的旗袍中。如果说，之前的徐克和许鞍华还仅仅是在还原旧时上海风貌，到《花样年华》已不需这种还原了，被情绪化了的上海意识和香港日常并行不悖。《2046》延续《花样年华》的旗袍写意，电影里，60年代香港奢靡的老上海风情伴随狂放的拉丁爵士、舞场风月扑面而来。再说到关锦鹏，这位导演一直孜孜不倦地表现自己对"30年代生活的痴迷"。在《胭脂扣》里，"如花"生活的场景被虚设在了30年代的香港，却让人想起30年代的上海，源于李碧华原著的颓废华丽的气息映照出老上海的动荡味道，痴心女子负心汉的题材复现了"鸳鸯蝴蝶派"小说风韵；影片《阮玲玉》又让我们发现似乎上海本身挥之不去的魅力能够持续诱惑观众；而在改编自张爱玲作品的《红玫瑰与白玫瑰》中，关锦鹏的影像上海成为一种氛围，氤氲在旧时的空气中，电影里的"艺术的纹饰"和"暧昧的灯光"，以及不断出现的电车铃声，把我们真正带回到了老上海和张爱玲的世界。

后来，关锦鹏找郑秀文拍《长恨歌》，展现了一个时代的变迁，而王安忆笔下的老上海魅影依然是撩动心弦的一支伤曲。后来我做电影记者，在《长恨歌》的宣传期，面对面访问郑秀文和关锦鹏。坐在室内，点上一支烟的关锦鹏，娓娓

2006年4月前夕，尖沙咀维港一边树立起张国荣主演的电影海报

道出内心的老上海情怀——剪不断的千丝万缕，似乎是轮回的湖水倒影，映照一种芳华。关锦鹏说："当时给郑秀文讲戏，说到《长恨歌》里的角色王琦瑶多年后和挚友丽莉重逢，自己眼角首先湿润。"郑秀文则说："我和王琦瑶生活的时代和城市都不一样，但是我跟王琦瑶在心里的某一块地方是很近的。"这种心灵上的接近大约就是很多当代香港导演可以以一种30年代的上海心来窥探人生和命运的原因吧。我记得在2005年采访郑秀文的时候，谈到《长恨歌》，她说那时把自己困在一种悲悯的情绪里一个月，感情始终是饱满的。"我喜欢悲剧"，郑秀文回忆起拍那些老上海的戏，坚持自己来配国语对白的经历，"我喜欢旧上海，但是又感觉陌生，因为我是香港人，生活的时代和城市都不一样，但是我觉得美术指导张叔平已经把握得非常好了，对我们演员是很有帮助的。比如说我的造型、我身边的一些物件，都非常有旧上海的感觉。我觉得这部电影当中的每一个镜头抽出来都像是一幅画那么漂亮。"可能正是这种说不清道不明的暧昧杂生的情绪，造就了香港电影导演镜头下的老上海图景。因为有距离，隔着一个悠长的时间段落，才有了美。

可能正是由于上海与香港在文化及城市气质上的暗合，才有了互为映照的话语体系。如果将中国的"摩登化"比作一部电影，那么旧上海无疑是这部电影的开始，而香港就是这部电影的延续。香港文化在当代频频回望曾经给予她滋养的旧日上海，恰似一种"乡愁"，并且被大众传媒巩固了。当年，我选了徐克、许鞍华、关锦鹏、王家卫作 case study（案例研究），如今，他们拍摄的香港电影中彼此心照不宣的旧上海意识依然在我脑海里回旋。

许鞍华：香港现实主义外借来张爱玲的传奇

我是许鞍华的拥趸。如果说 2004 年写论文的时刻，我是王家卫风格的忠实拥护者，现在过了而立之年，却更加欣赏许鞍华镜头下的沧桑和时过境迁之感，以及她刻画的现实主义的香港城市与生活图景、困境。电影也可以曝出人生成长的轨迹，我在许鞍华的电影中，竟然觉得像是穿越了几个人生一般。

我在 2012 年 3 月的上海看她的新戏《桃姐》，百感交集。《桃姐》就像是一位特别懂得坚持的老朋友娓娓道来的故事，不需要太复杂的结构，也不要那么多的对白，被渲染的情绪，许鞍华的情绪是一点点浸润出来的。电影里，高楼、租屋和城市空间里的多余元素都被屏蔽掉了，剩下一种安静、紧凑的纯叙述风格。许鞍华当年在英国念了书，国文和英文都非常好，返来香港，却在港岛商业的影视环境中非常苦闷。那种找不到出口的、怀才不遇的境遇，是对每一个有才情的年轻人的折磨。所以当年，许鞍华找来张曼玉拍了《客途秋恨》，张曼玉演的就是许鞍华自己，这个中日混血的后代，始终在多元文化中挣扎，寻求认同。

我一直喜欢许鞍华拍的男人和女人，他们在城市空间里有着一种孤身奋战的坚韧和强大，以及那种主动画地为牢的坚持和果敢，比如《女人四十》、《男人四十》和后来的《姨妈的后现代生活》中的角色。她镜头下的人都太入戏，这个世界最受不了入戏太深的人，入戏太深，往往离开现实太远，会为时代所诟病。

这部《桃姐》，似乎是过了中年的许鞍华的老年之歌。华仔清瘦，在和岁月的摩擦中被打磨出了一种凋敝的味道，展现出一种暮年的情态。电影里的镜头，缓慢、清静，带了一种不想着墨太深的创作诉求，对白又是万般的哀叹，是自嘲和自我安慰。所以，像我这种感性的人，在黑暗影厅里，看到这些被许鞍华调整出来的情绪，会有点情绪失控，然后潸然泪下。那是情到深处，自然落泪，和导演没有很大关系，因为许鞍华从来不煽情，她只会铺陈，铺陈人生，用一种练达的状态。

当年做香港电影研究时我曾写道："谁说香港是文化沙漠呢？" 香港是文化消费的重镇，虽然它孕育的文化是多元的、城市的、时尚的，但是它的流行歌曲、电影、文学，都是给人生活启迪的宝贵良药。许鞍华这部戏让人思考：我们可能要承受孤独老死的结果，谁人会在自己的坟头摆上一朵鲜红的玫瑰呢？这是许鞍华表现的一种可能，也是生命的一种可能。

许鞍华对张爱玲作品向来十分偏爱，她导演的电影《倾城之恋》和《半生缘》就是例证。拍摄于 1984 年的《倾城之恋》是我论文写毕之后看到的，从当时的影评来看，作为首部改编自张爱玲小说《倾城之恋》的电影，这部作品几乎可以称得上是一部"滑铁卢"之作。被称为"硬绎"的电影《倾城之恋》，似乎说明了张氏小说的难以改编性，其小说描写的视觉元素的难以对译、细节多于情节的特点、精气神韵的难以视像化，都为小说改编增添了困难。下面这段摘自《倾城之恋》的内容足以说明问题：

那是个火辣辣的下午，望过去最触目的便是码头上围列着的巨型广告牌，红的、橘红的、粉红的，倒映在绿油油的海水里，一条条、一抹抹刺激性的犯冲的色素，窜上落下，在水底下厮杀得异常热闹。流苏想着，在这夸张的城市里，就是栽个跟头，只怕也比别处痛些，心里不由得七上八下起来。

这部为“上海人写的关于香港的传奇”，即是张爱玲眼中的殖民地香港的写照，后人以此对比香港认识上海则是后话。一个异乡旅客对于香港的认识难免失之偏颇，在张爱玲笔下，香港墨浓彩重又触目惊心，线条粗韧又惊险情奇。而这个上海人为上海人描写香港的过去的作品落在一个香港导演手中，认识与重塑的主体随即发生改变，许鞍华以“家”写“家”，猎奇和看客的心态荡然无存。也许，许鞍华反客为主的姿态最终毁了《倾城之恋》的倾城绝色：在一个香港人眼中，香港不外是平淡的人间，没颜落色，传奇就不成其为传奇了。

我认为，张爱玲和许鞍华大抵都是太过自我、顽强的艺术创作个体。张爱玲的《倾城之恋》是她在 1943 年回到上海后回溯 1941 年光景的“不坏”之作，“是一个动听而又近人情的故事”，因为那“苍凉的人生的情义”、“华美的罗曼斯，对白，颜色，诗意”和“艰苦的环境中应有的自觉”。看来，张爱玲是在时隔两年后开始怀旧，回忆若即若离的“犯冲”而“夸张”的香港的。另一边，许鞍华却在 80 年代回忆一个想象中的 40 年代的香港。出生于 1947 年的她，怀的是一种未有经历的旧。两处怀旧，都是对香港的描写，而许鞍华自己亦承认，之所以被《倾城之恋》吸引，就在于“它的背景是 40 年代的香港”，“拍一部以过去的时代做背景的电影，对任何一个导演来说，都是一种很‘过瘾’的事情，也可以说是一项挑战”。只是张爱玲太过“上海”，许鞍华对自我的艺术挑战也是“隔岸观火”，上海和香港仅是一个对望而已。

不过回溯香港文化语境，怕也只有许鞍华才是诠释张爱玲笔下的“范柳原”的最佳导演吧。许氏乃中日混血，又受英国式教育，留过洋，恰似《倾城之恋》中的范柳原，他们二人在提到中国古诗时均表示自己中文不行。小说里，范柳原在浅水湾的灰砖墙下说：“我就是这样，我回中国来的时候，已经 24 了。关于我的家乡，我做了好些梦。你可以想象到我是多么的失望，我受不了这个打击……”而许鞍华表示是电影令她走出外国文学，尝试了解现实，学成回港也是造梦失败，但终是可以按照自己的方式用电影折射现实。处在多样文化身份间的许鞍华最能代表香港人，朦胧身世间，文学电影寓自我境况。

1997 年，在香港回归两个月之际，许鞍华又一部改编自张爱玲小说的电影《半生缘》上映。这部电影几乎抽掉了原著《半生缘》中的时代藩篱、国家制度限制，人物仿似踏浪而来，无关宏旨，左右退却，只为着力写一出错位的情感悲剧。里面唯一确指时间的地方是电影开头的字幕，“上海一九三零年代”及英文“Shanghai 1930's”，而在整个叙事过程中，上海的真实场景取代了时间。在《倾城之恋》中的“时代”概念显然不适合《半生缘》，许鞍华甚至想在“九七”过后让人忘记电影关涉时代、政治的蛛丝马迹。这一次，许鞍华终于抱定一颗“上海心”拍上海了，她说“想表现四十年代的那种现实感，一种正在开放的城市感觉”。特别的是，电影里没有十里洋场，许鞍华希望“摆脱典型”以呈现上海，她认为“现实其实好 arguable（富有争议）”，她同时“又不想令人觉得那个时代好怀旧、仿古，或者刻意经营、重现当时上海的感觉，而是想拍到一种 mood（情绪），但又不可以刻意地‘上海’”。

在《半生缘》中，历史退后，时间模糊，个人命运凸显，上海色调苍白、单调，有轨电车开来开去。电影里机械、冷漠、无聊的工厂，在柔焦镜头刁诡的表现下，仿佛不是真实场景。这种灰扑扑的影调将旧上海从典型的爵士、外滩或者百乐门的意象中抽离出来，形成独立空洞的符号。历史的来龙去脉已不重要，上海似乎在想象间延展，并被游历。许氏这种避重就轻的拍法避免了临摹还原旧时上海的尴尬，使我们的注意力集中在人物的命运轮转中，同时恰当地表现了原著韵味，因为灰暗的影色即是张爱玲小说世界的苍凉底色。

许鞍华大概真的读懂了张爱玲，电影中那些琐碎细节，比如落叶、手套，比如拥挤的里弄、人物走动的声响、邻居小孩的哭闹，比如人物早上在石库门楼顶晾衣服的场景以及晾衣竿上万国旗般飘扬的衣服，都带着满满的老上海气味。这些日常和细节镜头的铺展弥补了电影在面对张爱玲抽离人物语言姿态、内心角力时的无奈，亦让电影挣脱了国家历史体系书写的定位。毕竟，张爱玲的人物从来就没有参与过历史。许鞍华让充满了个人不安感和漂泊感的 20 世纪旧上海和在动荡的大时代中的香港对应了起来，那条戴在“曼桢”

身上的Burberry[1]格子领巾可是连接20世纪的时尚香港和摩登上海的明证呢？激情到底是一团冷火，可以试出一个时代的炎凉。

关锦鹏：别无所求，只有上海

"香港人对未来很茫然，反而趋向怀旧，缅怀过去的一些情景。我承认，我对30年代的生活的确很痴迷……对30年代香港或者上海那种世纪末的情怀特别喜欢……"

——关锦鹏

惶惶惑惑的将来未知时，司空见惯的现实何堪依，就剩绮年玉貌的过去了。在对过去刨根问底的电影创作中，另外一位香港导演关锦鹏似乎找到了一个永恒的诉说背景——老上海或者说20世纪三四十年代的上海。1991年的《阮玲玉》让关锦鹏的旧上海意识通过一种固执和认真的影像表达浸润开来，同时也使关锦鹏的电影观念和电影技巧在探讨历史性和本体性的层面得到一种扩展，而该片在柏林电影节上斩获大奖亦让其成为香港电影史上最为著名的电影之一。

《阮玲玉》不是传统意义上的传记片，它包含了演员重塑的20世纪30年代的上海"阮玲玉"神话，以及演员对自己扮演的角色的追问，中间大量使用的真实的原始电影

1 英国著名时装品牌巴宝莉。

拷贝。其直观效果就是在电影里形成了真实和被扮演的真实、历史和当下、死者和生者的对照。电影中，演员张曼玉遵照“斯坦尼斯拉夫斯基”表演体系，亦步亦趋，“老牛上树”般试图复活“阮玲玉”的银幕形象。关导想要达到的效果应是“张曼玉”即“阮玲玉”。影片亦幻亦真的时空变换场景中，现实再次输给过去：采访现实演员的画面黑白无光，而表现过往生活的场景则华丽颓靡，艳丽多情。但是，电影在还原历史真实时能走多远，关锦鹏和《阮玲玉》自身都还无法解答。

毫无疑问，《阮玲玉》在电影本性上对电影提出了质疑，进行了探讨——电影究竟能在多大程度上还原真实的历史？在电影中，关锦鹏全力以赴展示过去：摄影机仿佛放慢速度，记录一切慢和静，刻画隐忍的上海里弄、30 年代的摄影厂、别墅楼道和家具、张曼玉穿的每一套旗袍；同时，要求张曼玉逼真还原阮玲玉。电影一幕：张曼玉饰演的阮玲玉拍摄《神女》，对比吴永刚《神女》拷贝，张曼玉的走路和拿烟吐雾姿势，仿佛“玲玉”上身。在拍摄阮玲玉自杀的那一场戏后，张曼玉回忆道：“隐隐约约听到了阮玲玉的叹息声。”在拍毕阮玲玉诠释《新女性》的画面后，张曼玉泪流不息，第一次在控制角色和被角色吞没这个问题上陷入困境。这个片段后，摄影机不知是有意还是无意拉出的电影剧组画面，似乎才将我们拉回灰色的现实。在历史和想象之间，关锦鹏自己都无从分辨，而且电影越是想表现得真实似乎就离历史真实越发遥远。在那场模仿阮玲玉在《神女》中的走姿的戏里，无论张曼玉的步态、眼神如何准确，我们都知道那不是阮玲玉，她模仿得越逼真，越让人觉得虚假做作。在表达自己对过去的偏爱时，关锦鹏和电影一同陷入一个二元悖反的泥潭。最后，张曼玉的“化真”演出于观众确乎形成“布莱希特”般的间离效果。

在《阮玲玉》中，30年代的摄影厂，背景多是绘画的虚假布景，连30年代上海的城市天际线也是手绘的美术布景。那些黑白雾霭的城市背景哪里是30年代的上海啊？可能连关锦鹏自己都无法在90年代的上海寻回一些30年代的影儿了，于是只能画出自己对30年代的感觉来。而那些人工绘制的老上海布景，将一部极力表现真实的过去的电影变成了一部幻象十足的电影，“上海”成了关锦鹏亲手捏出来的一个造梦工厂。

1994年，关锦鹏带来改编自张爱玲原著的《红玫瑰与白玫瑰》，借张爱玲文字，拍老上海韵致。当年，关锦鹏就曾是许鞍华《倾城之恋》的副导演，而张爱玲醉心描写的上海细节，亦被他在电影中处理得较好。他在细节处铺展了时代暧昧的感性低语，复现了人物心理的狡邪变迁。那些让人满口醇香的张爱玲式的叙写在电影中得到了展现：“娇蕊”的手和“振保”的脚，“振保”隔墙听“娇蕊”笑，特写镜头中没有言语传递，却溢满你来我往的飞驰情欲；暗淡的房屋光线分割场景像“娇蕊”浴室里拼贴的马赛克，一块块拼出艳丽情绪；“乌托邦化”的30年代上海，总是细雨靡靡，“振保”第一次见“娇蕊”，背景里有隔壁房间冲水马桶的声响、浴室里那一缕头发以及蒸汽在浴室镜子上凝成的水珠；“白玫瑰”烟鹂房间响起无线电的声音，升起袅袅的黄梅戏调子。这些复活了张爱玲笔下最为鲜活的上海印象，触到了张爱玲文字中的隐秘情绪。

关锦鹏硬把张爱玲扯进了自己的电影，虽然电影场景都是人工复制的，街道房子都是画出来的。电影开始，"振保"坐车开进30年代的上海，这时仔细看，就会发现雾中街景全是人工制造。不过，只要有街上的电车声响就足够营造旧上海氛围了：在电车上，"振保"回味一些恬然的生活片段；在电车上，遇见最上海的上海人，说你一句不懂的吴语话家常；在电车上，"振保"遇见"红玫瑰"，欲望燃烧。有意思的还有，电影中，"振保"和"烟鹂"一起看张爱玲编剧的电影《太太万岁》，看的人和被看的人，在张爱玲笔下都有炎凉冷白的人生。许是，再刻意的描摹都不是张爱玲的上海，那就把一切张爱玲的东西，包括电影、语言、文字抛给观众吧。关锦鹏所复苏的是一个经过精心打磨的旧上海，虽然没有一点旧上海的实影，但却比真实的旧上海更让人刻骨铭心。

王家卫："阿拉上海人"

这标题乃一个身份判断，与其说是出自王家卫之口，倒不如说是他电影间一些元素所作的自我身份表述。这只是2004年到2005年，我对王家卫的一个认识——当年写论文，特别讨论了他部分作品中的"上海意识"。

王家卫怀的旧比起关锦鹏来还是新的，那种20世纪60年代的、仿似夏天暴雨来临前的溽热的香港往事，有点烫手。《阿飞正传》里，"阿飞"的母亲说一口上海话，和操一口广东腔的"阿飞"和与刘嘉玲扮演的舞女争吵。60年代，沪上文化和粤港文化水乳交融，大批上海人到港定居生活，出现奇特的上海文化于香港盛放的奇观，香港承接老上海流行

的娱乐文化，链接时尚摩登的旧上海风情，舞女舞场娱乐在港兴盛，旗袍西服亦在港复兴。而王家卫的电影，则极力凸显这种上海文化与香港本土文化的并行不悖。"阿飞"养母的上海乡音，恰是王家卫魂牵的一席旧梦。"阿飞"寻母的意念不死，是否映射王家卫对故土上海的寻找之心呢？

《阿飞正传》里可怕的时间不留情地走，王家卫所做的分明是挽留时间。他的浪人们，将香港开放的男男女女床上床下的行动包裹上孤独和放纵的姿态，配合着港人无根的心理暗影，回忆就变成合情合理的无需为了应酬活跃的简单生活行动了。在这同时，老上海的外衣和内里又为描写 60 年代香港风貌的香港电影增加上传奇色彩。

而真正王家卫式的张爱玲传奇在他的《花样年华》里。在这部电影里，香港意识再也不是《重庆森林》或者《堕落天使》中的风驰电掣般的后现代拼贴和游戏消解了；《花样

2007年12月，在石板街遇到拍广告的剧组，香港就是和电影有关的城市

年华》是暖色调的、精致的，是上海化的，它告诉我们，在60年代的香港，老上海的文化遗韵已和现代香港生活互相渗透，相映成趣。

电影的开始和结尾，字幕言语一派“张腔”：“她是一种难堪的相对，她一直低着头，给他一个接近的机会……”“那些消逝了的岁月，仿佛隔着一块积着灰尘的玻璃，看得到，抓不住，他一直在怀念着过去的一切……”影片中，“孙丽珍”租房时，是否是王家卫自己梦魇般的怀守呢？“孙太太”和“苏丽珍”寒暄，“孙太太”说，“大家上海人嘛”，“再会，再会”，一如多年老友；金嗓子周璇唱《花样年华》，如三月微风，半冷半暖。这些片段构筑的60年代的香港，是一座潮湿的城，连绵雨水，打在我们心头，就连人物走动的风韵都是忧郁和暧昧的。《花样年华》让人忽然发现60年代的香港太熟悉，用发黄的报纸糊的墙、充满人情味的居住方式、房东太太的嘘寒问暖以及劈劈啪啪打通宵麻将的场景，都是老上海式的，情绪不会像在今日香港一般飞驰。

《花样年华》里的张曼玉，忽而百合，忽而玫瑰，忽而郁金香，令人眼花缭乱的旗袍意象走的是上海路线。有意思的是，60年代，旗袍在上海几乎被赶尽杀绝了，而在港却遍地开花。“苏丽珍”的行头，乍一看是三四十年代的海派婉约，套上西式外套又是60年代的港产味道。电影中除张曼玉的旗袍让人印象深刻外，梁朝伟抽烟的姿势亦被很多男人模仿。同时，《花样年华》让大家认识了西装革履的新境界：衬衣要白得凉心，秋天套件暖色毛背心，油头粉面才是体面安逸的风流倜傥。直接缘由是1949年到60年代，大批老上海的裁缝师傅、理发师傅来港，将体面讲究的上海行头带来香港。

你看片中的“孙太太”，沪语飞溅地说要新做发型。举轻若重地运用上海元素，《花样年华》就这样复原了王家卫经历的岁月风景。

后来的《2046》，紧承《花样年华》余香，了断《阿飞正传》以来的前尘旧梦，似乎对王家卫一直以来的艺术作了一个总结，电影本身就是一次一相情愿的话旧之旅。《2046》里，“周慕云”给“露露”讲《阿飞正传》里“阿飞”的往事；而张曼玉在《阿飞正传》里就曾叫“苏丽珍”。在没有出现《花样年华》和《2046》前，我们还只能看到王家卫片中孤独的人物和惶惶不安的现代都市，或者神往其影像风格蕴含的现代性、后现代性。如今，王家卫蘸老上海情怀，画60年代风情，与现代疏离的灵魂才算有了一个可以停靠的港湾。王家卫的旧不等于逝去，怀念的结果是过去的无限放大和根深蒂固。

从2005年到现在，时间已过去很多年，我对王家卫的迷恋已经被掩藏、深埋，只有在想到青春大学往事时，才会想起这些风月镜头。即便是回想起《重庆森林》时，亦像是过了一个时代的又一章，王菲已经完成了一次自我的告别，光阴是真，分享前半生。我后来如果遇到类似于王家卫电影的光影片段，都会心里一悸。我想起2010年2月在挪威奥斯陆的电影院看的汤姆·福特（Tom Ford）导演的处女作《单身男子》（《A Single Man》），那里面的女子，都有着王家卫镜头下的角色般的60年代的眼线、高耸的发髻、剪裁舒服的大衣、手提包。被汤姆·福特刻意运用的升格镜头、华丽大调音乐，形成与灰暗现实对比的绚丽生命影调，仿佛王家卫电影的荼蘼姿色伴我常在。我在奥斯陆，在北欧的冰天雪地里被电影的情绪再度牵扯出这些记忆，仿若穿过时间的手，握住了温暖、亲切。这些情态，电影之间的细微对应，无论是出自王家卫、西班牙的阿尔莫多瓦，抑或是时装设计师汤姆·福特，都串接相通，在生命的不同时段变奏闪现。

今天，按照王家卫的话讲是看完电影后的不知多少个小时，原以为自己已经忘记了王家卫的世界，却发现，原来王家卫一直都未曾离开过，正如香港在我心中从未真正远离过一般。香港已经成为一个和我相关的城市，一个我走向那些更遥远的城市的旅程的起点。

* 本章关于各电影导演作品的论述文字大部分节选自2005年我的电影学硕士毕业论文《当代香港电影中的老上海意识》（西南师范大学，文学院）。
* 此章中引用的关于许鞍华的采访文字大都取自《再读张爱玲》（山东画报出版社，2004年版）一书。
* 此章中引述的关锦鹏的访谈内容以及张曼玉的回忆内容，分别出自吕剑虹所著的《历史·诗意·现实——与香港电影导演关锦鹏对话》一文，以及李尔葳所著的《张曼玉画传》（中国戏剧出版社，2004年版）一书，前者收录在蔡洪声、宋家玲、刘桂清主编的《香港电影80年》（北京广播学院出版社，2003年版）一书中。
* 此章中的其他史实和相关资料来自李欧梵所著的，毛尖译的《上海摩登——一种都市文化在中国1930～1945》（北京大学出版社，2001年版）一书。

Chapter 13

《色,戒》,三次轮

去北欧留学前，特意去了香港大学当年借给李安拍《色，戒》的地方：港大历史最悠久的建筑“本部大楼”。大楼用带有文艺复兴时期建筑风格的花岗石柱作支撑，顶部则建有一座高塔和四座角塔，具有典型的西方建筑风格。本部大楼不仅是张爱玲于 1939 年就读过的港大文学院的大本营，也是港大学生拍摄毕业照的首选地。其中的陆佑堂，是电影《色，戒》中学生们演戏的剧场取景地。在香港大学里，沿着山势一路上行，观赏依山而建的建筑，可以远离上环的喧嚣和市井味。站在香港大学的高处，可以望见香港密密匝匝的高楼大厦，览尽鳞次栉比的钢筋森林。走上电影《色，戒》里，当年“邝裕民”邀请“王佳芝”加入学生话剧社的西式回廊，极目远眺，也望不见电影里的海。电影里的香港还是战时英国殖民下的被海风浸润的东方城市，天南地北的人，从香港登陆，在大时代风云里，上演沦陷、抗争、曲折甚至是“倾城”的人生戏。不过《色，戒》小说和电影里的那一群爱国青年学生，都没有宏伟的人生，没有如大戏里描绘的惊天动地的故事，他们不过是希望成全一个自己。

行走 tips / **香港大学** / 香港薄扶林道（Pok Fu Lam Road） / http://www.hku.hk/

↑港大历史最悠久的建筑「本部大楼」
↖「本部大楼」依然是文学院所在地，当年张爱玲就在这里读书

第一次

2007 年，我先在国内看了内地版本的《色，戒》，是当地影院给业内同行和影院负责人、记者们提前放映的内部场次，次日凌晨《色，戒》正式在中国内地上映。电影开始，一个暗沉沉的战时上海样貌出现，主调音乐响起，字幕出，勾勒出来一个混沌幽深的光影调子，我的心就这么沉了下去，像是坠井的石头，一直到看完这部戏。自从电影学硕士毕业后，就没有看到过有这么多和以往经历相关、引得起共鸣的光影瞬间的电影了。第一遍试看，花了一个上午的时光，看得我失魂落魄，完了就立刻打了一通电话，因为心底有一股感伤要说。汤唯那个时候是新人，但是演技纯熟到那个地步，样貌又让我想起一个好朋友，说话的感觉又像当时的一个师妹，我就打了电话给这个师妹，并叮嘱她一定要去影院看《色，戒》。

初看《色，戒》，把张爱玲的小说丢在一边，被电影里青年人在香港的一段戏打动。他们租来的那栋公寓，掩映在郁郁葱葱的山林中，想必从薄扶林道一路上去就能找到。夏天的阳光刺眼，白色的公寓外墙总是晃荡着呆滞了的时光。从香港大学再往山的背面走，薄扶林道外，蜿蜒的盘山公路边，是似乎伸手可触的海。当年我和朋友 Maggie 坐公车从中环

《色，戒》中，汤唯扮演的王佳芝与一般的女同学在此交谈

出发去海怡半岛，公车经过上环，从薄扶林道上的一个转弯处跃上蜿蜒的山行道，路上的玛丽医院和郁郁葱葱的树木对照着另外一边的香港海，日照当头，感觉处在一个新世界。在这条薄扶林道上，还可以依次看到香港老式殖民地文化的遗痕，以及老上海和广州城市风格杂糅并存的景致。在玛丽医院下面不远处则可以望见一整片白色的坟墓——薄扶林华人基督教坟场。

我记得电影里的“王佳芝”穿着白色短袖衬衣，一身女学生打扮和她的同伴沿山而上走进那幢借来的公寓；还记得那一夜“王佳芝”和梁朝伟扮演的“易先生”约会回家，公寓外对撞的勾引诱惑与内心忐忑，欲说还羞和眉目传情。那幢公寓，透露着那个时代香港的特质：惶惑的，似乎是借来的时空，就怕被打破了。那就像张爱玲在《小团圆》开始写的空袭来临的状态，等战争一来，人心自然就涣散了，生活会被搅乱，旧的会瓦解，而新的还没找到生长的方向。

话说，电影《色，戒》里“王佳芝”第一次约会“易先生”的那场戏，真是鬼斧神工。这种男女对手戏，真是不能轻看，尤其是出自李安之手又由影帝梁朝伟和没有一丁点局促的新人汤唯联袂演绎的。这场戏里，应有的气场和局势被恰到好处地凸显了，所有的情绪都饱满，那些遐思里面的阴

暗、脆弱，以及内心无法战胜的孤独被顺利地传递到观者心底，让我叹为观止。"易先生带着麦太太去浅水湾用餐，餐厅空无一人"，我又看到两人坐于一角，"王佳芝"背后的浅水湾风景蕴含柔和的海岸光阴，夜晚一点一点上来，餐厅侍者、钢琴声音、混合了南洋的慵散的英国绅士派头、被打磨了的时光，没有一处不美好。"王佳芝"呷了一口咖啡，李安让"王佳芝"的鲜红唇印留在白色的英国陶瓷茶杯上，一个红唇印可以抵得上所有的微笑和诱惑。"王佳芝"说自己喜欢看电影，"易先生"则说自己不喜欢，"我怕黑"——大约已经把内心最为隐秘的一丝情感掏出来给了眼前的"王佳芝"。"易先生"的笑，是梁朝伟演绎的冷峻、狠冽的面容。这一刻，我想到《倾城之恋》中张爱玲写"流苏"到了浅水湾："近了浅水湾，一样是土崖与丛林，渐渐地明媚起来。许多游了山回来的人，乘车掠过他们的车，一汽车一汽车载满了花，

2005年的浅水湾沙滩

风里吹落了零乱的笑声。”

2005 年第一次到香港，就去了浅水湾，因为觉得那是张爱玲最为明晰的香港记忆所在。走在逼仄蜿蜒的山间马路间，看鬼佬开奔驰敞篷车驰过，让海风把头巾吹得呼啦啦响，确实是放浪的生活。而坐公车从深水湾到浅水湾，再到赤柱，双层巴士总给人惊险的乘车体验，翻山越岭的过程中，山势带着一种惊喜的味道，偶然一个拐弯，开阔的海面即可涨满窗边眼帘。虽然浅水湾是如今香港显在的旅行地和富人区，却也不妨碍你走到静谧的海边坐下。去年 4 月的一个下午，我就躺在浅水湾的沙滩上，中间偶尔一头扎进海浪中，体味一个人遐想的乐趣。

行走 tips / 从金钟（东）搭乘公车 90B 往海怡半岛、鸭脷洲方向行进，最能体会香港的现代和古旧。可以感受到中环的喧闹和高度商业文明，看到西环老旧的殖民地风格建筑和混杂有老上海、广州民间感觉的景致。当公车完全在薄扶林道外的山路上行驶，山边的海景则可尽收眼底。沿路还经过香港大学、圣保罗书院和玛丽医院。/ 中环交易广场：有多部公车驶向浅水湾、赤柱，沿途还会经过湾仔，这些公车包括 6、6A、6X、66、260 路。个人喜欢搭乘 260 快车，中途不会停很多站。

第二次

后来，我在一周后又去影院看了一次《色，戒》。内地删减版的《色，戒》虽然让原版魅力大打折扣，但是依然强大！强大到我第二次看完后还双手发抖。这是因为电影以倒叙的语言将我们拉回香港大学，拉回进步“左派”爱国青年话剧演出的现场，一些情意缱绻的恣意景况忽然又浮现在眼前。这是我们也曾沉迷过的一种状态，这种状态也是李安曾拥有过的——年轻的李安在艺专时也是戏剧爱好者，深知人生的各个侧面都能被舞台抽离出来，形成一个想象的能指存在。《色，戒》中，汤唯在“易先生”面前是如此娇媚放浪，正像是一个生活在舞台上，做戏的“王佳芝”，回到了世俗的生活中。她只想拥有一场和“邝裕民”的简单爱情，但现实是没有如果的。如果注定需要一种戏剧化的故事来为真实生活作陪衬，那么我们的生活本身就是乏味的。这样的人生也太无味，所以我相信传奇，相信张爱玲的传奇。“王佳芝”的传奇在于一种陷阱式的自我沉醉，说得好听一些，那是理想，是追求，但是一切仿佛都抓不住。当“王佳芝”看到那颗硕大的钻石，衡量出一个阴险男人叵测内心里的一点点爱恋，她终究软了心，做了牺牲的沉醉者。我们也是这样的沉醉者，对生活的评判往往也就发生在刹那间，并在那一个刹那进入一个自己臆想的传奇世界。“传奇”这个词太美妙，虽然越美丽的东西越不可碰。

在这里，可以回想起《色，戒》中邝裕民第一次邀请王佳芝参加学校的进步剧团的场景

　　之前看过关锦鹏、许鞍华拍张爱玲，对比之下，李安的长处是不做张爱玲的影子。电影《色，戒》虽然借了张爱玲的文本，但里面对人生和人性的剖析、细致入微的拍摄手法，以及表现出来的对观众的彻底了解，让这个片子一看就是李安的作品。先说手法，电影里的情欲是切合主题的初级表征，没有对性欲的恣意表达，就无所谓“色”和“戒”。但李安真正震到我的是，删掉所有裸露镜头，剪掉二十多分钟的大胆情欲戏，再补一些叙述性的东西的内地版，一样充满力量。李安对电影语言的运用已至纯熟。《色，戒》开场就是一场流言乱飞、充满张爱玲式家常话的麻将戏，被李安用快而碎的镜头语言压下了来。镜头里，打麻将的场景蕴藏了令人不安的破坏力，而张爱玲式的上海里

弄生活就这样从旧时光里飞了出来——麻将开打，晨光尚远，鹅黄灯光下是延展的欲望、上海太太的心眼、森严的时局，看得人心惊肉跳。

到了回忆部分，一派饱满的香港浪漫，情绪在戏剧舞台上被定格，我有一刻惊觉舞台戏的进入有浪漫和残酷双重意味。李安亦是这般现实与戏剧不分的人，每个大师级导演都是相当投入的，王力宏扮演的邝裕民也好，汤唯扮演的王佳芝也罢，到最后都分不清自我和扮演的角色。浅水湾的海水、尖沙咀皇后码头的蓝天白云，这些张爱玲的香港细节在电影里变作了湿润的夏天、台风里摇晃的大树，上海情结在香港风生水起。大概，我被李安征服还在于那种刻意经营的过去，那种调不回去的过去真的被《色，戒》调了回去。

李安曾经受过严格的美国电影拍摄技巧训练，这让他的镜头表达和情节书写都相当为观众考虑。《色，戒》不是一部玩艺术的闷片，其开合有度的情节衔接、释放得当的幽默和对压抑的表达一样让人印象深刻。我想起了另外的一位我热爱的电影导演，西班牙的阿尔莫多瓦，他和李安都是情节片的高手，在这样的高手手里，《色，戒》成为色香味俱全的精彩作品。李安的美国班底也让整部电影的可看性得到了提升，李安不是王家卫，《色，戒》的音乐恰到好处，却又没有抢了画面的主道。

至于汤唯，好到我无法形容。这个聪明的女演员，可能是大器晚成，其鹅蛋脸的老上海造型活脱脱就是张爱玲笔下的“王佳芝”，一招一式又恰好是很李安的儒雅，再加上她上海话、粤语、英语说得样样地道，这样的演员也只有汤唯了。据说她的老师是潘迪华，在虹口区日本餐馆里一唱，就能唱出天涯歌女的无限惆怅。没有这样的对手，梁朝伟的“易先生”的阴冷和毒辣、虐恋般的狰狞都无法被激发出来。这个汤唯，生活中就是一个才情颇高的女人，到了李安镜头下，自然可以散发出光彩，太功利的女演员是做不了“王佳芝”的。再看王力宏，也让我大吃一惊，爱国青年“邝裕民”的执拗和憨态可掬被他表现得入木三分，王力宏在挣扎中也超越了自己。李安真是挖掘演员的大师级人物。李安的戏里没有小演员：麻将桌上有何赛飞、苏岩、陈冲等老辣的女人，“邝裕民”和“王佳芝”的同学里，有好久不见的演员柯宇伦（自从和关锦鹏合作《越快乐越堕落》后，他没有表演太多角色，再见有点欣喜）。当那群年轻的生命

在香港，电车总是搭建邂逅和遐思的长廊，我喜欢《色，戒》中汤唯在老式电车中的那场戏

在香港浅水湾的沙滩上放飞简单的理想时，我见到了久违的台岛舞台剧的表演语言与姿势，李安把自己作为台岛导演所有的文艺气息发挥得恰到好处。

《色，戒》里有这样一个场景：那一场爱国进步话剧成功后，“王佳芝”和“邝裕民”以及同台的同学们追赶着三四十年代的老香港双层电车，夜晚来了一些微雨，打在“王佳芝”的手上。现实生活中，这些有轨电车被香港保留至今，在中环和铜锣湾，甚至在更远的地段被频繁使用。香港人给这些电车取了个亲切的名字——“叮叮车”，因为登上这些运行了好多年的有轨电车，就能听那没有被历史遗忘的“叮叮声”。电影中的“王佳芝”是否也记得有轨电车摇摆的声响？青春就这么盛放了，又无端端地溜走了……

第三次

终于可以在香港的影院看一刀未剪的《色，戒》——2007年底去香港做一个采访，正好赶上还未彻底下片的《色，戒》。我在旺角闹市中的香港影院，凭身份证件入内观看（因为是三级片），黑暗影厅里有着让人竖起汗毛的场面，这种场面因为被电影荧幕放大而显得有些惊心动魄。观影过程中，全场都安静，结束后，大家安静离场，泛着幽绿光芒的影院楼梯，像是香港鬼片里的隧道楼梯，又像是午夜场散场后的一丝凋敝状态，愁情四起。

我记得那晚看完电影后，尖沙咀和旺角之间的地铁已经关闭，我和朋友打车回酒店，心里有点沉沉的，堵得慌，但这惆怅很快就被香港夜色中的明亮吮吸了，融化了。那时，我被城市夜色里一种奇异的莽莽仓皇捉住，不能自已。当年张爱玲在《倾城之恋》里形容陷落后的香港夜晚，说："一到晚上，在那死的城市里，没有灯，没有人声，只有那莽莽的寒风……只是一条虚无的气，真空的桥梁，通入黑暗，通入虚空的虚空。”角色王佳芝以及演员汤唯大抵如张爱玲形容的“靠得住的只有她腔子里的这口气”，所以以假为真，演绎了既是自己，又是自己想成为的那个人的角色——戏如人生，殊途同归。

那晚朋友和我在香港匆忙一聚，第二日一早就离开返回深圳。我一夜没睡安稳，早上站在酒店的落地窗前，看楼下平台的露天泳池里碧蓝的一汪池水，11 月的香港还有着内地夏天的景观和温度，日光很亮。

小说《色，戒》的字里行间落满了时间的灰尘，不知它是否是张爱玲的遗恨之作。李安起起伏伏的电影生涯也是在和时间拔河，他亦是旅人，所以在读到《色，戒》时有一见如故之感。他说了，张爱玲上海、香港、台湾、美国满地走的经历，亦是自己人生的细节之一。这大概解释了，为何每一次看《色，戒》，都能激起我们这些人内心隐匿的情感波澜——到底是旅人，到底最识得香港的意味。连张爱玲自己都是香港的一个过客，人生有一部分的波澜在这里泛起了，也就足够了……

Chapter 14 枪火之外，一抹记忆分明的夜色

韓零食
創康 (物業代理)
☎:27184838
創康
☎:27184838

有一年，我喜爱的意大利电影大师安东尼奥尼逝世，随后又走了瑞典电影巨擘伯格曼，有杂志约我写一些主题为城市和电影的关联的文章，我们随即做了一个系列，其中就有“香港电影中的香港”、“巴黎电影中的巴黎”。其实巴黎电影中的巴黎是一个很模糊的概念，因为国际大导演们不论国籍都会对巴黎这座浪漫花都做个性阐释，我们在看那些关于巴黎的电影的时候，并不会觉得导演的身份很重要，并不是巴黎的导演对巴黎的认识和表达就更为贴切。就连台湾导演侯孝贤都可以找来法国女星朱丽叶·比诺什演一出关于巴黎的戏——那一部《红气球》飘忽辗转的镜头里，巴黎奥塞美术馆里的法兰西文明，被一个台湾来的导演演绎了，又纠缠了一些东方文明的奇思喟叹。所以巴黎一直就是充满了争议的复合体，它是一个抽象的符号，像是印象派画家笔下不太清晰的被描摹的对象，是一个被阐释和等待被意会的存在。巴黎，至少对于我来说就是这样一种意味，所以当初在为杂志做城市电影系列的稿件时，我所选择的巴黎戏，并非都出自法国导演之手。但是写到香港，境况全然不同。

一谈香港电影中的香港，你就不得不去关注本地导演对香港的塑造。我认为，没有其他文化境遇下的电影导演可以拍出一个真实的香港，这种 authenticity（真实性）的实现需要对城市地理的谙熟、对人情世故的了然，以及对时代变革的阵痛的亲身经历，而这些基本上都在香港导演自己的电影里被一一呈现了。时间倒转回去 10 个年头，刘伟强和麦兆辉在 2002 年拍《无间道》时，没人想到它会成为香港电影史上的一个标志性话题。接二连三的《无间道》续编窸窸窣窣地在时间长河和现实城市间搭建了一条穿越的回廊，把“九七”前的人文情殇、社会动荡表现得生动鲜活。所以我要说，只有香港的电影导演才能拍出香港这个城市的神韵来。存在在光影中的香港神韵，只要稍微被抽离出来，就可以直抵人心，叫人黯然神伤。关于《无间道》的话题是从时间的角度和回忆的角度开始的。

十年记忆，电影城池

在城中，你会在穿越高架桥或城市隧道时感到恍惚，霓虹四起的夜晚，高架桥过去了，不知路口还有多少个，不知该往哪里去。此时，我脑海中会无限重复一个场景：开车在夜色中，猛然一个急刹车，然后狠命停靠在十字路口。这种联想来自一个电影画面：王家卫的《堕落天使》里，金城武载着杨采妮，风驰电掣穿过香港著名的隧道，隧道外是一望无际的夜，两颗寂寞的受伤的心，在此时靠得很近。

但是在香港，最缺乏的可能就是记忆了，不是有一句响亮的香港电影对白说"香港人是很健忘的"吗？看了这么多年的香港电影，才发现我们都是抱着猎奇的心态对香港投以艳羡和打量的目光，才发现香港这么近，又那么远。20年的香港电影，承载了我们对这座城市的感觉与态度，但又不妨碍我们对于它无限的幻想。

在《无间道》带着一种大时代的怀旧氛围袭来之前，十年在我心里早就是一个可怕的概念。在陈可辛的《甜蜜蜜》中，爱情的考验历经十载，张曼玉和黎明饰演的角色终是在香港街头吻别，"Good bye，我的爱人，再见"……香港的聚散比任何城市的都来得容易和迅疾，这些聚散被应接不暇的时间写在了香港狭窄的城市空间里。

"九七回归"前，在香港电影中，可以瞥见飞机在香港城市上空呼啸而过的不足为奇的城市景观。比如在王家卫的《重庆森林》里，飞机在灯光迷离的启德机场起降，飞行时下面是万家灯火的九龙城、好像伸手就可以触及的城市人家，仿若完成了最为亲近的一次飞越。此时，梁朝伟扮演的

角色喃喃自语："又在等待一次新的爱情降落。"现在想去寻找"九七"前的启德机场的遗迹，怕是很难。2006年春节我在香港太子道东，阴差阳错住进"富豪东方酒店"——这家酒店在启德机场时代是香港离机场最近的酒店，酒店当时名为"富豪机场酒店"。我拉开酒店窗户，外面已经不复"九七"前的繁忙喧闹景观，对面整块空旷地带，就是当年的启德机场。想当年，启德机场曾是全球最繁忙的国际机场之一，国际客运量曾名列全球第三，而货运量更是全球第一。资料记载，极为繁忙的启德机场却是一个坐落于市中心的机场，只有一条跑道，周围更是高密度楼房，空间非常狭小。启德机场与九龙城的居民是如此贴近，空间和时间仿佛是可以被收缩的。

行走 tips / 去九龙城旧城，可以从尖沙咀搭多条线路的公车（推荐搭乘 1A 线路）沿弥敦道主道一直往太子道的方向前行，沿路经过佐敦道、油麻地、旺角，到太子道后，九龙城的破旧和生活记忆即触手可及。

香港是为那些来来去去的人而存在的。这座无根的城市里，哪里是我家呢？也许，香港通宵达旦的灯光正是为了温暖和抚慰寂寞的路人吧。如果你是第一次到香港，在享尽东方之珠的繁盛与浮华后，请仔细聆听城市心跳，那是热闹背后略带忧伤的，是有序背后略带紊乱的，是爆发背后略带血腥的，是美丽背后略带虚荣的，是看似平静却枪林弹雨的，

是迸发而出又超级自恋的。在香港，逃离日常的伦理，日子可以过得混乱或者松散点，出轨都是可以的。在 20 世纪 80 年代或更早的大陆电影里，偷情私奔的对白很多时候是“逃到香港去”。所以，在香港，可以期望赌来一场圆满的结局。

王安忆在《香港的情与爱》中感叹：“香港是一个奇迹性的大相遇，它是自己同自己热恋的男人或女人，每个夜晚都在举行约会和订婚礼，尽情抛撒它的热情和音乐。”站在维多利亚湾欣赏港岛，再乘“天星”小渡轮，看远处栉比高楼森森，类似的体验，在上海、纽约以及东京亦能寻到。香港以比别处快很多的速度完成了现代化，难怪它是健忘的、麻木的。只有在乘飞机飞离时，望一眼云层下的香港，才觉得它是熟悉和温暖的。

九龙城的侯王道里处处可以看到斑驳的老城印象

伤心之城，暗藏泪痕

在整个《无间道》系列里我最喜欢第二部，它那种回忆的调子，把光景拉了回去，形成一种深邃的意境，衬托出“九七”以前有着灿烂霓虹的香港九龙城的不稳定气质。我喜欢电影开场那种偷窥一般的暗杀镜头，画面里逼仄的屋檐下是被夜晚收埋的孤单；我还喜欢刘嘉玲扮演的 Mary 姐拎着箱子

去启德机场逃命的片段——导演还原了一个曾经的启德机场，塑造了一个亡命场景，伪造的机场里的“离境”二字已勾勒出 20 世纪 90 年代的香港社会心态。《无间道 2》里故意做旧的泛绿的底色，诉说一种凋落，那些由导演刻画出的香港的黑夜，似乎侵占了所有白日，只把舞台留给厮杀、枪火，以及其中划过的寂寞。

后来看 2006 年上映的刘伟强和麦兆辉拍的《伤城》，对这个城市的爱恨情仇的感知就更加强烈。我由此觉得，香港，真是这两位导演所热爱的城市。《伤城》又是一部两个男人——“刘正熙”和“丘建邦”——的戏。我记得梁朝伟扮演的刘正熙在电影开头说：“酒好喝的地方在于它难喝。”而金城武扮演的丘建邦从来不喝酒。这是一部在传统的警匪推理电影的基础上加入了太多个人情绪的电影，由导演制造的“伤城”裹挟着沮丧和忧郁，藏不住泪滴。刘伟强当时对记者说，《伤城》的故事性质与《无间道》截然不同，它讲述的是一个“伤心之城”的故事：“这是一个到处都是伤心故事的城市，每个人心中都有一段伤心的故事，伤心的人又各自在这个城市中自我修复。”其实真正的伤城不在现实中，而在我们心里，只有心告别了伤城，我们才会永远离开伤城！

刘伟强和麦兆辉在《伤城》里渲染的城市悲悯之心其

实早在《无间道 2》中就被放大过。你是否记得吴镇宇扮演的黑帮老大在夜色中举杯祭奠被杀父亲的那场戏？慢镜头下，肃杀感四起，吴镇宇冷峻的脸上写着一个时代被遗忘的情绪，电影在此刻对那些抛不下的情感的表达，渗入了太多导演自己的情绪。《无间道 2》里有着沉甸甸的伤逝感，画面里的老式香港警署及警署墙上悬挂的英国女王画像等旧物无不诱人触摸旧时光。电影将那些早就被现代化进程渐次磨损掉的记忆逼真还原，让人感叹。

香港夜雨，冰室暗涌

2007 年从香港国际电影节采访回来，去本地大学里为英语系的学生讲了几个香港导演的几部电影，其中就有我喜欢的杜琪峰和他的《机动部队 PTU》。《机动部队 PTU》是一部被黑夜贯穿始终的戏，里面的香港几乎没有白日。在杜琪峰的电影中，夜戏总是占多数的，而香港在夜晚就变成了一个另外的世界，这个世界充满了比白日里中环高楼内的金融海战更生猛、更具体、更直接的刀光剑影。血肉横飞的夜的故事，像是子弹打破了一个玻璃瓶的慢镜头，伤痕万千且道道带泪，条条割心，不留一丁点回旋的可能。

《机动部队 PTU》里的香港的夜，不是维多利亚港湾的璀璨灯火，不是名店内闪耀的炫目橱窗，它更加多元，代表了一种底层和挣扎，是满目疮痍的。这正呼应了电影的英文名《Into the Perilous Night》——遁入一个危险的夜晚。在这部“寻枪”主题的电影里，杜琪峰编织了一个非常复杂的人际关系网络，故事多线并进，在寻找和被寻找之间完成了一场惊心动魄的人性考核之旅。由此，我觉得，人性在夜晚里被放大了，让人终于有看清它的可能。

另外，在《机动部队 PTU》中，杜琪峰还尽可能地滤掉了多余的回忆，把当下赤裸裸地暴露出来。影片体现了明显的阶级区分，那一场警员在“中国冰室”茶餐厅喝茶吃宵夜的戏，拍出了山雨欲来的紧迫，像是憋了很久的雷阵雨前的郁闷，让人大气不敢出，就等雷声响起了。杜琪峰选择这处两层楼的香港茶餐厅拍戏，正好把不同阵营的人安置在不同的区域；再加上茶餐厅是香港人最为熟悉的嘈杂但实在的活动场所，就更适合用来衬托现实。这出戏另一点值得称道的是，“冰室”这个好名字正好映衬出了电影角色当时如履薄冰的内心状态，如神来一笔。画面里，茶餐厅外，一场香港夜雨过境一般，忽然就来了，忽然就去了；茶餐厅内，扮演主角的林雪、邵美琪、任达华脸上都不见喜怒，整个空间像被涂上了一层绛紫的胶质，黏稠得让人迈不开步子。杜琪峰的夜香港，就这样如鬼魅般，扰动人心。

行走 tips / **中国冰室** / 旺角广东道 1081 铺 / 从地铁旺角站出来沿阿皆老街向朗豪坊方向直行，过了朗豪坊再行两个街口就到广东道了 / 推荐品尝红豆冰、鸳鸯冰、加央西多士、番茄叉烧烩意粉。

其实杜琪峰的电影，也是有很多白天的戏谑和幽默的，无论在《龙凤斗》还是《瘦身男女》里，那些城市白领的爱恨都是清爽的，是残酷现实里点缀我们生活的一种调味剂，似是茶餐厅里的菠萝包味道。这种时候，香港，瞬间又变成了全城热恋的城市。

Chapter 15
丝袜奶茶和牛角包的融合魔力

2012年春，在内地影院看彭浩翔的新片，还是粤语版拷贝——彭浩翔为内地观众提供了双重选择，保留了粤语对白的版本——觉得那才能完整复现彭浩翔烂熟于心的那些香港性格和城市风情。这部《春娇与志明》延续了上一部《志明与春娇》的故事，带我们在香港和北京两城间游走，讲述了一段港人“北上”的情爱插曲。

《春娇与志明》仿佛是对香港和内地关系日渐紧密的一个暗喻：经过“九七回归”10年有余的香港，已经和内地产生了很多呼应，越来越多的内地人在香港创业奋斗，内地市场的开放亦让更多的香港人“北上”发展。《春娇与志明》的开场是我们熟悉的香港场景：城市一隅，男女谈着情爱，过着日常生活，酒吧里飘出啤酒味。我喜欢彭浩翔的原因之一就在于他没有在电影里刻意描绘人人皆知的香港地理环境。虽然他的影片的多数片段都是在港拍摄的，会有很多街道、景物入镜，但他把叙述都交给了他电影里的人物，他们的做派、态度、对爱情的理解，都比那些单调的地理空间更加香港。彭浩翔还很好地继承了港产商业电影里的那些有料包袱：怪谈、奇闻、街头八卦、明星艳史以及恐怖噱头。这些东西被他软化和变形成为文艺片的外壳，正是这些外壳，让他的电影有了鲜明的香港标签。那些和香港有关的男男女女，都被彭浩翔打磨出真实的光芒，由此形成的都市小调，是暖人心肺的。

香港流言，个人时光

其实在《春娇与志明》之前，彭浩翔已经在内地和华人电影圈有一众文艺小清新粉丝，他的一些台词被年轻人引为暗号，在一个群体里成为彼此心照不宣的存在。从当年的《买凶拍人》、《公主复仇记》开始，我渐次看完了彭浩翔的所有片子，包括我喜欢的《大丈夫》。2006 年我在影院看完《伊莎贝拉》，本地记者问我对这部影片的观感，我说彭浩翔大约可以说是香港的王家卫和杜琪峰的结合体，他的电影有一些文艺气息，又有很好的故事底子，不至于闷倒观众。私以为，会喜欢彭浩翔的观众是会在看了一部他的作品之后就爱上他的。因为彭浩翔是一个独特的例子，他的电影有着让人吃惊的结尾，片中人物的选择和与城市发生的关系往往让人觉得可笑、不可理喻，但最终，观众都会理解，并会为剧中人物的行为喝彩，甚至黯然神伤。

若你认为彭浩翔的风格是只是小清新的话，去看看他那一部血淋淋的《维多利亚一号》——这是一部完全不适合全家一起观看的电影，片中人物被杀得片甲不留，身上还留下了一道道索命的伤疤——你就可以话彭浩翔也是如此重口味。前几年流行的“Cult 片”概念可以部分归纳彭浩翔电影的特质，但也不能全面覆盖。

我读过彭浩翔的小说，《破事儿》的小说故事其实比电影还要好，所以我更加喜欢这个看似有点呆的导演的文字。他对于发生在香港这座城市里的很多情爱故事的观察很深入，细琐到让我狐疑，一个男人的心思为何能缜密如斯。

2010 年我回国后，看了《志明与春娇》，自觉在远离了华语电影，特别是香港影片有一些年月后，彭浩翔的感觉又回来了。那种城市小调，清新柔和，虽偶有尖利，但都是用一种哼唱的方式表达出来，打动我心。当时我给身在比利时的一个中国朋友介绍了这部港片，她看后也很喜欢，可能我们这种有过漂泊经历的人，在叙写人世浮沉的故事面前总觉得心有戚戚焉。彭浩翔在《志明与春娇》里铸造的那些在烟雾缭绕间的流言，亲切不造作，那些香港 Pub 里的啤酒笑话、男女私情又是那么惹人爱怜，让我回忆起在香港 SOHO 的 Pub 里听到的邻座传来的细琐流言及一帮子人的欢笑。SOHO 夜里的女人往往有一身凌厉的装扮，类似《志明与春娇》里着黑色露肩裙和高跟鞋的杨千嬅。这是我喜欢的香港 Pub 场景，有故事，又有属于个人的时光。

城市思绪，京港之间

到了《春娇与志明》的时候，经过十多年的融合，内地和香港的交流更加密切。新一代的内地年轻人，因自由行，逐渐了解了香港城市文化，媒体杂志的推荐也让更多的香港当代文化艺术创作被内地青年所认识，加上彭浩翔在一众喜爱他的内地年轻观众中的人气，《春娇与志明》获得的接受度比此前他的任何一部戏都高。当然，还有一部分原因是，这是彭浩翔第一次把镜头对准了北京这一内地文化的中心城市。此前，彭浩翔的戏里也有一些内地角色，比如《公主复仇记》里陶虹扮演的角色，那是七八年前，去港淘金的一大批内地人中的一个；《维多利亚一号》里的内地妹，亦代表一种文化符号。到了这部《春娇与志明》，香港人的情爱观念在“北上”的现实处境和内地文化的影响下，变化出新的模式；不变的依旧是彭浩翔拿手的港式幽默，故事笑点不断，但让人笑过之后又是留下斑斑点点的幽深思绪。彭浩翔好像是一个深夜商业电台 DJ，给我们讲了很多荒谬有趣的痴男怨女的故事，怪谈之外有一些叹息声音。

彭浩翔从一个外来者的角度审视北京，他镜头下的北京有着成片的高大建筑、忙碌的开阔马路和空间松散的酒吧，和香港的逼仄、整饬截然不同，让人感到迷失。电影里，“余春娇”和“张志明”都是“北上”的香港过客，北京浩大的空间却并不一定能装下两个人的心。不过香港人似乎依然是很 adaptive（有适应能力）、很识时务的，能把那种能屈能伸的香港精神发扬光大。但那种情绪恰如《春娇与志明》的英文名一样是“buff”的，暗淡无光泽，像是沙尘暴来临前北京的天空。

所以我们依然在《春娇与志明》中看到了香港的轮廓、情绪和港人努力想把握住的东西。这种东西不是实在的物体，而是一种心绪、情感、习惯，是言语间的爽朗，是玩笑话里的愉悦，是 K 歌房里的独角戏，而这些又正是彭浩翔电影的标签。彭浩翔把时代的硬核一一打碎了，磨散了的现代生活的石块，让最内层的情感散落一地。

发条橙子，欧洲对照

时光倒回 2006 年初，彭浩翔正准备带自己的《伊莎贝拉》和主创人员去柏林参加电影节。当年好像只有这一部电影代表华语电影参赛，所以我在电话里采访了身在香港的彭浩翔。那时候的彭浩翔，国语未讲得太好，不像现在，电话里的聊天只围绕《伊莎贝拉》展开。当时我告诉彭导，我的本科毕业论文做的就是对导演库布里克和他的那部《发条橙子》的研究，我知道彭浩翔是库布里克的拥趸。

这种电影缘分，在城市之间被串接起来，细弱游丝但始终在延续。后来我看他的《出埃及记》，发现电影开场那一段慢镜头下的扭打戏，几乎就是对《发条橙子》中坏主角在瓦格纳音乐里慢动作厮打那场戏的再现，看来是彭浩翔在向自己的偶像致敬。

回到《春娇与志明》，如果把电影画面关掉，只听电影的配乐，这部作品又似乎充满欧陆的感觉。那些怡情的音乐小调，有一些法式风情，还很小清新，是适合坐在阳光下的巴黎巷口喝咖啡时听的调子。听《春娇与志明》的电影原声碟，又让我想起巴黎蒙玛特区那艺术氛围浓厚的山道。这大概可以解释彭浩翔缘何为众多的文艺青年热捧——他是那种可以让你在传统的港片中觅到一丝温馨和清爽文艺气息的导演。那张原声碟中有一首钢琴曲叫作《离开好地方》，似乎述说了一种“两处闲愁”的状态，点明我们其实一直都在离开。除此之外，《春娇与志明》的电影音乐中，还有有着欧洲风情的《Rendezvous Valse》（《约会华尔兹》）和《Date in Bed》（《约会床头》），亦有英国 pop 小调般的《What's Behind》（《在此之后》），那些音符或讨巧或可爱，流泻出很多感动。这些很异邦的音乐配合着彭浩翔的画面，让人再次意识到香港电影所折射出来的多元文化背景。

澳门散步，雨中微情

这一章写彭浩翔，顺道把澳门写上一笔。要不是当年看他的电影《伊莎贝拉》，被他镜头下的澳门老旧模样迷住，那一次在澳门的散步也不会有那些微情律动的时刻。

抵达澳门的时候，是落雨的 4 月，雨中的澳门整个都是灰蒙蒙的样子。在奔驰于海边高架桥上的计程车上，看雨水打上车窗，朦胧中澳门似乎变成了一条浮动的记忆方舟，恍惚间有厦门的影子。我们先在澳门的新城市区域晃荡，整片区域很安静，只有滴滴答答的雨声。澳门的“渔人码头”上有一些簇新的购物区，仿造欧洲古希腊建筑而建，亦有一些荷兰、威尼斯建筑风格，总之一点不“澳门”。购物区对面是高耸的酒店，每一家酒店的顶层必然会有一个赌场。我在“渔人码头”的海边，看澳凼大桥，远处烟雾弥漫的海唱着灰色的调子。雨一直下，基色为白色的澳凼大桥在雨中显得遥不可及，像一个升腾的图腾。我在岸边看了良久，只觉得今日的烟雨，浸染的是回忆。

澳门真是一个不现实的存在，仿佛一切都依托赌局而生；但澳门又是一个有着强大包容力的城市，它的狭小里面装得下一个新世界和旧世界——所有的旧城部分都曾投影在彭浩翔的《伊莎贝拉》里。如果按照电影《伊莎贝拉》的片段的指引去行走澳门，必然会有早年梅艳芳唱的那首《梦伴》的感觉。入夜之后，有点江湖气息的澳门，包含的却是一丝浪漫的狠劲和一股被大海包围起来的无可奈何的小情绪。设身处地地想一想海岛城市的人的心路历程，里面必然有一些侥幸心理，大概这就是为什么澳门的赌场和酒店里满是喧

MATER DEI

嚣浮华的场景。

好在这一些，都和我们的澳门散步无关。澳门的旧和腼腆，让我想起了厦门，它们都是“门”，关住了一种缓慢生活的趣味。这种趣味用英语来讲是很 laid-back 的（休闲的），不急躁，不功利，不让现代的车轮碾压，哪怕身边的香港已经成了一座现代化的国际大都市，澳门的街道上都还刻着葡萄牙人留下来的葡萄牙文字母，带着柔软的旧时光印记。我最喜欢澳门的街道牌子，青花瓷般典雅，又透出一种古老的意味来。

逛过新城区后，我们直接沿着澳门老城的路线，跟着人群到了澳门著名的标志性建筑大三巴牌坊前。我们爬上大三巴牌坊后面的山坡，在山顶上看澳门，视野里，那些高大的酒店和赌场与矮小的老居民建筑互相映照。夜晚，不过八九点光景，和朋友 Maggie 随便找了一处在一家老旧民宿的楼顶的咖啡馆，咖啡馆点缀了如点点星光的灯，好像以前在鼓浪屿遇到的小店，有着猫一样的慵懒和亲切。老楼的天台上，有南国雨后的一丝闷热，星光灯下的闲聊，仿佛是很多年前的事……

过了凌晨的澳门，早就进入梦乡，安静得像一个世纪前的古都。我记得在《伊莎贝拉》里，彭浩翔安排饰演主角的梁洛施和杜文泽带着酣然醉态在澳门的旧城里疯闹嬉戏，砸了一通的啤酒瓶。那时，整个安静的老城里，只有两个人的

澳门是适合怀旧的地方，所以彭浩翔的《伊莎贝拉》充满了各种追忆的姿势

声音，夜色不能将这两个角色吞没，只因那种洒脱让澳门的古老有了一股魔力，让受伤的心安稳了下来。

当时，我们住在澳门的新区，周围全是酒店、赌场，每日往返于澳门的新旧之间，依赖计程车代步。一晚，我和澳门男生 Charles 约好，由他带我去一家不错的 Pub 夜蒲。那家在高楼上的 Pub，是骚场，女服务生都是有着模特高度的美人，葡中混血尤其多，浑身都是香艳味道。我要了“Sex on the beach”（情欲沙滩）以及“Manhattan”（曼哈顿）两种鸡尾酒，至于第三轮，喝的什么忘记了，只记得池中有人在做生日派对。在一个煽情的时刻，我听到舞池中央的乐队演奏起了我喜欢的乐队 One Republic（共和时代）那首《Apologize》（《抱歉》）——一样的音乐可以在不同的城市里将情绪点燃，让情感连接！从酒场出来，已经是澳门夜深，我想起了梅艳芳的那首《梦伴》：“煤气灯不禁影照街里一对蚯蚓 / 照过以两心相亲一对小情人 / 沉默以拥吻抵抗一切的冰与冷 / 晚意借北风轻轻地飘起长长裙 / 多温馨（心里）……”这是彭浩翔的澳门印象，他的心里为何有着这般细软如沙的情绪呢？

夜晚，在澳门一家在老楼顶上的咖啡馆

澳门一夜，只剩回忆，而彭浩翔编织的那些香港故事则有着多样面貌，如多面水晶，在不同的角度散发着不一样的光芒；又如香港经典的“丝袜奶茶”配法国“牛角包”，纷飞的市井浪漫之内有一丝西洋情怀。

香港文化名人对谈 4

甘国亮：把热情都扔给当下的香港

甘国亮： 香港导演、编剧、演员、节目主持人，历任香港多家媒体的高层管理人员，是典型的跨媒体工作者、真正的创意型资深媒体人。他被誉为香港的文化创意教父、电视电影界的殿堂级金牌编剧、香港文艺界的金牌伯乐，个人履历充满传奇。

在和甘国亮先生见面前，我对他的了解仅限于他在香港电视和电影行业的辉煌年代，撰写了若干影视剧本的事实，以及他被冠以的香港潮流人士的头衔。在关于甘国亮的介绍中，他被形容成一位跨媒体的多栖香港文化人，他的工作涉及电影、电视、广播、舞台剧、电视台经营等等。在研究香港电视和电影产业的文化学者看来，甘国亮的经历，似乎本身就是一部鲜活的、记录了从 20 世纪五六十年代至今的香港影视文化的发展和娱乐圈境况的历史。

我们在新时代回望旧时代，看过去的风景是何种姿态，这种姿态是如何被打造出来的。并不是要评判那些姿态的好坏，只是想寻找一种参照和回忆。甘国亮先生在和我的交谈中提到的关于 20 世纪五六十年代的香港电视发展的旧事，即是一种可以帮我们理解现状的回忆和参照，一种读解今日文化景观所需的辅助和背衬。我相信，甘国亮走过的岁月——英国殖民时代、港岛影视业勃发时期、人心变幻的“九七回归”前后、矛盾和希望并存的今时今日——都是可感可知的。

我在香港和甘国亮午餐、聊天，湾仔君悦酒店外，香港一直在落雨。我们谈到香港的现在和文化的变迁，又说到他好几年前出版的那本和明星好友对话性质的书《我问人，人问我》。到底香港文化面临什么难题呢？甘国亮说，多年前在书里讲的问题，拿到现在就已经不对位了，时代气场、大环境总是在改变，笼统来讲，现在的香港文化，面临什么样的难题，可能再过 10 年回过头来看，才能看得清晰吧……

2012年6月的一个周末，和甘国亮一道出席香港W酒店Woo bar的开幕派对，当晚展示了摄影师Mick Rock的很多摇滚摄影作品

张　朴：你在20世纪70年代就进入香港电视行业，踏入香港的娱乐圈，当时是抱着怎样的心态入行的？当年的香港影视业，特别是在20世纪五六十年代，是怎样一种局面？

甘国亮：香港以前是英国的殖民地，在20世纪50年代初颁发了有线的电视牌照给Rediffusion（"丽的呼声"），当时的电视用户每月要负担昂贵的租机费以及节目费。对于当时的香港市民来讲，看电视是很奢侈的。

在20世纪五六十年代，香港的电影业开始发展，但是一开始，粤语片很弱势，国语片占主导。因为国语片的拍摄投入大，会比较讲究质量，而当时的粤语片被称为"七天工业"，拍得不精良。那时，整个香港电影业，从技术到质感都是落后于西方的，甚至落后于邻近的日本电影，只有内地南来的电影人以及粤语戏曲片算是比较引人注意的方面。当时的

电影行业，从政治上来讲分为“右派”和“左派”，邵氏公司、电懋电影公司中意文艺创造，追求的东西类似于好莱坞的浮华电影梦，属于创作上的“右派”。所以当时有两种类型的国语片，要分开看。60 年代，台湾电影输入香港，包括一些武侠戏以及后来的琼瑶情感戏。总体而言，那时的情况比较杂乱，没有一种统一的风格可以被用来概括当时的香港电影。

到了 1967 年，香港政府发放“无线电视”的牌照，观众只需要购机装天线，就可以看免费节目了。自此，此前的“丽的”有线逐步失去了竞争力，所以它向政府力争，等到旧有的有线牌照到期后，于 1972 年将业务改为了无线广播。

60 年代末到 70 年代初，电视成为新兴的媒介，这时候大家可以方便地在电视上看粤语片、戏曲片，当时萧芳芳就是电影新生代的偶像。电视让香港人可以通过一个新鲜的渠道看到身边的事物，听到很亲切的话题，也让粤语片取代了国语片的流行地位。我记得 60 年代后期，台湾来香港访问的歌舞团也会到本地电视台录制节目，很受港人欢迎。电视成为一种收纳和介绍不同文化的媒介，当年我们还在电视上看到过来自美国的李小龙表演功夫。整个 70 年代，是香港电视事业起飞的年代，那时候邵氏已经没落，电视却成为宣传电影的一个重要平台。

我就在那个时候，看了几年的电视，作为年轻人，想进入这个行业。我是在1971年加入邵氏公司跟TVB无线电视的艺员训练班当学员的，毕业后，我成为一个全职的幕前演员。那个时期，一般的香港父母若能送孩子去海外念书，是不会让自己的后代从事影视娱乐行业的，因为入这一行收入不多。当年香港的高等院校都没有专门的影视专业，虽然浸会大学里有传理系，但是如果父母要孩子念书，还是会让他们去念酒店、计算机、经济等专业。

我经历和见证了自20世纪70年代以来，香港电视业的发展和变迁。到1978年，香港有了第三家免费电视"佳艺电视"，但是不足一年就结业；70年代末，"九仓有线电视"诞生；到1990年，Star TV、卫视中文台在香港成立，我曾作为Star TV的经理管理过该电视台。香港的电视事业就是这样一路向前发展。

张：在无线电视广播培训班时，你就已经开始写剧本了吗？后来又做了编导？

甘：开始写剧本是在邵氏公司跟TVB无线电视的艺员训练班当学员的时候，毕业成为全职幕前演员后也继续写剧本，还很多产。至于开始担任电视编导，是在1975年。那时周梁淑怡作为TVB节目统帅，发掘谭家明、许鞍华、徐克、严浩（作电视编导）的同期，觉得我不必有任何过渡就已经可以做电视导演了，我才正式开始了我的导演生涯。

我记得，当年在无线电视培训班，那个刚刚从意大利回到香港的老师叫刘芳刚，会讲意大利语，但是一句英文都不会。他在欧洲学了电影，回到香港，却怀才不遇。在培训班，他介绍我去做电视的编导，我当时觉得能去片场，去大机器旁看看拍摄是如何进行的也是很不错的经历。后来，他从当时的香港皇家警署拿来很多案子的档案，叫我们回去帮忙翻译，说这些 file（文件档案）里有很多不错的影视题材。因为他当年是不会英文的，所以我们这些年轻人（香港还是英国的殖民地时，要考试的年轻人英文强过中文）回家帮他翻译。后来我就在这一堆案子的档案中找到故事题材，写完一个剧本，刘芳刚还真把这个本子拿去拍电影。

张：后来你写了很多剧本？

甘：记忆中在 70 年代，我有一年真的写了一整年的剧本。

张：我对你当年创作的剧本很好奇，很想读你为张曼玉、郑裕玲、钟楚红度身创作的《愈夜愈美丽》。有媒体称，根据剧本，3 位影后级演员会饰演变性人，在头半部电影中以男性身份出现，然后变回女性。这个剧本让我联想到很多年后才红的西班牙导演阿尔莫多瓦，我认为当年他若是看到你的剧本，一定会拿来拍。

甘：当年那个《愈夜愈美丽》的剧本其实是和关锦鹏合作的一个项目，我的剧本里其实只有一个变性人角色，那个角色最初设定由张曼玉来演，但是后来这个片子未拍。

张：我们这一代出生在 80 年代的内地人，赶上了内地的开放时期，90 年代开始，港剧风靡华人圈，内地人也开始看很多港剧。在我们的记忆里，香港的电视剧和流行歌曲一直是香港流行文化的代表，你觉得是这样吗？

甘：香港的电视剧制作在七八十年代确实迎来了一个很红

火的时期。90 年代初，因为香港制造的这些本地电影和电视剧，还引发了一种录像带文化的繁荣；又因为这些录像带的存在，内地观众看了很多港产剧。但是香港的电视剧似乎都是一种模式，达到一个高峰后，也没有太多改变。八九十年代的香港影视行业似乎没有对手（80 年代初的台湾电影可以说是“死掉”了，大众娱乐化，在台湾电影的创作过程中，好事也可以变成坏事），一种模式反复做，很难向前再跨一步。我觉得华人观众很喜欢看电视剧，喜欢这种有东方戏剧性的东西，但是我们翻来覆去做的类型，特别是港产电视剧，都是大家耳熟能详的模式了。到了 90 年代，内地开放，我当时负责的卫视中文台要进入内地，还是面临很多实际的限制，电视制作也要做调整，不过香港的流行文化确实在那个时期进入了内地。

张： 是不是香港的影视产业，包括电影和电视，在这半个世纪的发展和好莱坞（Hollywood）类似，运用的都是成熟的商业运作模式？

甘： 香港电影是没有剧本的电影，我和林奕华、王家卫也聊过这个话题，投资人不重视剧本创作，这点和好莱坞非常不同。我的好朋友，导演王颖在美国拍电影，他告诉我们，那边在拍一部电影之前，投资方有可能找很多人写剧本，直到写出一本令人满意的剧本后才开始找导演拍摄。写剧本在好莱坞是很受电影产业重视的，可以有很好的收入，在香港不是这样。我们不应该带着现有的这种心态去创作。

张： 但是从 90 年代到现在，很多香港的文艺电影去参加各种电影节，屡有获奖，这似乎是在创作层面上对香港当代电影的肯定。

甘：但香港的电影投资人，绝对不会出高价钱给写剧本的人，如果有3000万投资，可能只会拨出3万给编剧。投资的比例不一样，即便是文艺片也是这样。电影获了奖，出钱的人会尽可能从获奖的荣誉里拿到更多的回报，这在过程上和美国的电影工业完全不一样。

张：香港似乎是一个特别能吸收和消化外来文化的地方？

甘：我觉得在英国殖民时期，我们是有这样一个好的方面，那时香港真是一个window（窗户），外来的好的东西，直接拿来就用了，“洋为中用”。到了今时今日，我们好像反而没有这样的勇气，对于是否要去学习和吸收外来的好东西总会有很多顾虑。

张：当时做那一本叫作《我问人，人问我》的书，是想通过和香港明星的对话，呈现香港遇到的文化困境和现实处境吗？

甘：那本书已经是好几年前的事情了，当时讨论的话题拿到如今的时代下来看，已经不合适了，或者说已经没有太多现实意义了。我从来不预测未来10年、20年会如何，这不是个人能力的问题。退回去3年，你能预测到现在每天在地铁上，所有人都拿着一部智能电话玩社交网络吗，而且这种智能电话已经改变了人与人相处的方式？我想以前的我们是无法预测到的。我会计划好自己短期内的工作，但不会预测未来会怎么样。

80 年代的时候，大家害怕回归，开始移民，没有想过恐惧是多余的。现在来看，当时的恐惧是一种反讽，一些当年移民、换掉身份的港人，看到回归后内地经济的发展，又跑回来投资，再次投身香港的怀抱，可见当初的恐惧是没有根据的。

所以我觉得，处理好当下的问题，计划好即将到来的工作才是首要的，才能让我们在现实境况下活得好。

张：你是最早一批回到内地，参与内地电影事业的香港文化人和影视人之一，在"九七回归"前，你就意识到内地会复兴文艺电影。现在再看《秦俑》，其实有着很明显的香港电影风格。现在内地影视业发展迅速，内地和香港的影视文化是不是也在互相影响？

甘：我觉得港人没有分层看待内地文化，内地很大，不同的地区，文化都不一样，有自己的特色，我们熟悉的北京、上海，并不能代表整个内地。几年前，内地和香港合拍片还很流行，但是现在内地的电影市场和机制也培养了自己的有才华的电影导演、演员，内地电影的发展已经不需要再借助香港电影人的力量。

张：你和澳门有很多联系，你觉得这座城市是怎么样的？是否澳门是怀旧的，适合散步，而香港则可以实现梦想？

甘：我其实并不是出生在澳门，1967 年，香港发生社会暴动，我母亲让我去澳门念中学，离开香港一段时间。澳门和香港在 20 世纪 60 年代，都不是发达的地区，大家过的都是很平实的生活，但是后来赌博业成为澳门的支柱产业，澳门成为一个东方的“拉斯维加斯”。不过澳门的父母其实不希望自己的子女从海外归来，在澳门工作，因为很多时候，大家的工作不过是在赌场做荷官，发牌度日，虽然收入不错。

香港对我们来讲，节奏太快。早些年，我可以每晚做很多不同的事情，很自然地去忙碌，去完成很多工作，这是很香港的一种心态和生活模式。

MooNbooks
地球旅馆 | Inn Earth 03

出 品 人　惠西平
总 策 划　宋亚萍

策划出品　沐文文化 | MooNbooks　沐文微博：http://weibo.com/moonbooks
　　　　　磐 书 客 | TopBook 磐书客　磐书客微博：http://weibo.com/u/2301720422

策 划 人　张进步　程园园
出版统筹　关 宁
责任编辑　韩 琳　王 倩　王 凌
特约编辑　魏会敏
视觉监制　马仕睿
装帧设计　typo_d

SLOW
慢駛

图书在版编目（C I P）数据

孤独要趁好时光 . 2, 香港的前后时光 / 张朴著 . --
西安 : 陕西人民出版社 , 2013
ISBN 978-7-224-10563-6
Ⅰ . ①孤… Ⅱ . ①张… Ⅲ . ①随笔—作品集—中国—当代 Ⅳ . ① I267.1
中国版本图书馆 CIP 数据核字 (2013) 第 058406 号

孤独要趁好时光 Ⅱ 香港的前后时光

作　　者：张　朴
出 品 人：惠西平
总 策 划：宋亚萍
策 划 人：张进步　程园园
出版统筹：关　宁
责任编辑：韩　琳　王　倩　王　凌
特约编辑：魏会敏
视觉监制：马仕睿
装帧设计：typo_d

出版发行：陕西出版传媒集团 陕西人民出版社
地　　址：西安北大街 147 号　邮编：710003
印　　刷：陕西金和印务有限公司
开　　本：32 开　9.25 印张
字　　数：180 千字
版　　次：2013 年 06 月第 1 版　2013 年 06 月第 1 次印刷
书　　号：ISBN 978-7-224-10563-6
定　　价：45.00 元